Della stessa autrice
nel catalogo Sonzogno

La circonferenza delle arance
Giallo ciliegia
Uva noir
Gioco pericoloso
Spaghetti all'Assassina

Gabriella Genisi

Mare nero

Sonzogno

Questo romanzo è un'opera di fantasia. Nomi, personaggi, luoghi, avvenimenti sono il prodotto dell'immaginazione dell'autrice e, se reali, sono utilizzati in modo fittizio. Ogni riferimento a fatti e persone viventi o scomparse è del tutto casuale.

Pubblicato in accordo con Grandi & Associati, Milano

Prima edizione: maggio 2016
ISBN 978-88-454-2617-9
www.sonzognoeditori.it

MARE NERO

A nonno Vincenzo,
l'amore per il mare me lo hai insegnato tu

’O mare nun accìde...
’o mare è mmare
e nun ’o sape ca te fa paura...
Io quanno ’o sento, nun è ca dico «’o mare fa paura»
ma dico «’o mare sta facenno ’o mare».

EDUARDO DE FILIPPO, *’O mare*

O mare nero, mare nero, mare ne...
tu eri chiaro e trasparente come me.

LUCIO BATTISTI, *La canzone del sole*

Così stanno bruciando il mare
così stanno uccidendo il mare
così stanno umiliando il mare
così stanno piegando il mare.

LUCIO DALLA, *Com’è profondo il mare*

Che vuol dire che il mare ora è verde, ora è turchino, e un’altra volta è bianco, e poi nero?

GIOVANNI VERGA, *I Malavoglia*

Nota dell'autrice

Questo libro nasce mescolando fatti realmente accaduti e finzione letteraria.

Le vicende riguardanti le navi dei veleni 1, 2 e 3, la *Cavtat*, la *Alessandro Primo*, la *Eden Five*, e il naufragio dell'*Orca Marina* sono autentiche e facilmente rintracciabili sul web. Come anche le figure della giornalista Ilaria Alpi e del comandante Natale De Grazia, uccisi mentre indagavano sul traffico di rifiuti tossici, le vicende che riguardano l'esplosione nel porto di Bari avvenuta nel dicembre 1943 e la Società Anonima di Navigazione Puglia.

Tutto il resto, personaggi compresi, eccezion fatta per il professor Introna che nel libro interpreta se stesso, è frutto della mia fantasia.

Unicamente ai fini letterari sono state commesse alcune forzature.

Parte prima

Lolita

Tutte le stazioni si assomigliano tra loro.

Almeno in Italia. Quando un paio di mesi fa, con le reni crepate dalle otto ore di viaggio, scesi dal Frecciargento delle 19.07 mi sembrò quasi di essere tornata a Bari e il cuore fece un balzo fino alla gola. Invece niente, ero arrivata a Padova nella mia nuova sede. Padova sì, perché da qualche mese sono diventata questore. Questore Lobosco Lolita, e chi lo avrebbe detto mai. Nessuno credo, manco mia madre. Forse neanch'io. Eppure è accaduto. Una promozione per meriti speciali, come ha dichiarato il presidente della Repubblica. Perché che sono brava si sa, è l'amore a farmi difetto. Però magari sant'Antonio fa il miracolo e riesce laddove hanno fallito san Nicola e san Gennaro mess'insieme. Ecco perché la prima cosa che feci appena scesa dal treno fu di andare dal Santo, nella Basilica. No, non a pregare. A riposare. Perché a me le chiese antiche mi fanno quest'effetto. E se tengo mal di testa, là mi passa. Ad ogni modo, se avete pazienza, la storia della promozione andò così.

Il 17 settembre all'ora del tramonto, seduta sul terrazzino di casa mia a meno di ventiquattr'ore dal mio quarantesimo compleanno, mi conzavo una cialledda in santa pace, con tutti i condimenti dovuti al caso. Acqua e sale, olio d'oliva, origano, caroselli, pomodori, cipolla rossa, e una goccia di aceto se vi piace. Faccenda seria, che mica è facile bagnare una frisella al punto giusto.

«Lolì mi raccomando, appena il tempo di un segno di croce» diceva mia nonna Dolò segnandosi velocemente. Oggi però non è cosa, il telefono squilla per la terza volta in cinque minuti. Con le dita ancora sporche di origano e sale, vista l'insistenza, rispondo. L'imprecazione è sottintesa, ma c'è. Solo che stavolta è Esposito. Esposito, l'assistente mio della questura. Di domenica sera. Ommadonna.

«Pronto Espò, ch'è?»

«Pronto commissario. Disturbo?»

Uhm, brutto segno. Esposito fa la voce impostata. Si sono messi ad ammazzare pure di domenica.

«No che non disturbi. C'è la reperibilità. Dimmi Espò.»

«Una tragedia ammare, commissà. L'ispettore Forte sta già in macchina. Se vi fate pronta, tra cinque minuti lo trovate sotto casa vostra.»

«Sto pronta già. Avvisalo che scendo.»

«Agli ordini, commissario.»

Mi sbagliavo, nessun ammazzamento a colpi di kalashnikov, stavolta è un incidente. Una gita in barca si è trasformata in tragedia e due fidanzati dopo un'immersione di gruppo non hanno fatto più ritorno. Il corpo della ragazza è stato ripescato, il ragazzo no, al momento risulta disperso nonostante i sommozzatori siano già impegnati nelle ricerche. Speriamo di trovare vivo almeno lui.

Spengo la luce, tiro la porta e scendo, le friselle restano a sponzare nel piatto, e a me s'è chiuso pure lo stomaco. Ho un brutto presentimento, mannaggia.

Quand'arriva, sgommando e con la pantera tirata a lucido, l'ispettore Antonio Forte ha voglia di chiacchierare. È appena tornato dalle ferie, tonico, abbronzato e ancora più strafottente del solito. La vacanza gli ha fatto bene e gli ha messo addosso una certa curiosità. Vuole sapere tutto della città, della questura e pure di me. Se c'è qualche novità sentimentale che mi riguarda, dice. E non lo sa che sto come sto. Sola come prima delle ferie. In più nervosa, perché se non la finisce di sgommare gli faccio rapporto.

«Quali novità ti devo raccontare, Antò? Mi piacerebbe, ma

qui non si batte un chiodo da quando con Giovannimio è finita a schifio. Vabbè ma non ne voglio parlare, lasciamolo perdere a quello, sciamm'.»

«Lolì, angòr co' 'sto Giovannituo? Toglitelo dalla testa, scordatelo proprio, quello non è più cosa per te. Mi riferivo ad altro. Chenesò, fatti nuovi, uomini...»

«Antò, quali uomini?! Niente di niente, manco per sbaglio. Appunto, ti sto dicendo.»

Cerco di cambiare argomento, accendo la radio chissà Antonio si distrae, ma lui insiste. Si ricorda del mio compleanno, s'informa se ho intenzione di organizzare qualcosa. Una cena, una festa, o almeno un buffet con i colleghi. La creanza, come si dice da noi. Rispondo di no su tutta la linea, che a fare festa non ci penso proprio, ma forse il tono è un po' seccato, e Antonio ci resta male. Anzi si offende proprio, mi dà della snob, poi non pago abbassa il finestrino, guarda dall'altro lato e comincia a fumare per farmi dispetto. Che lo sa che mi dà fastidio il fumo, lo sa.

Cosa c'è da festeggiare poi, non lo so. Quarantanni, bah. Senza uno straccio di fidanzato per giunta. Fossero diciotto, potrei capire. Allora sì che vorrei la torta, le candeline, il vestito bello, il tacco dodici e tutto il resto.

Anche se, a pensarci bene, a quarantanni mia nonna Addolorata Scarola, per tutti Dolò, era già una vecchia. Mia madre alla stessa età avvolgeva nei panni neri macchiati di farina la vedovanza tragica che le era capitata. Ma erano altri tempi. Io invece ancora mi tengo e, tra palestra e massaggi, di anni ne dimostro trenta, invece di quaranta. Almeno così dicono. È l'amore a mancare, sempre quello il problema mio.

Ennò, neppure la storia con Lorenzo, il nuovo dirigente della Narcotici, ha funzionato. Non era cosa per me. Troppo morbido lui, troppo buono, un uomo dal passato irrisolto. Anzi, a voler essere onesti, dopo quella sera a casa mia non c'ho manco provato. Perché, da uno che una sera lo inviti a guardare le stelle dal tuo terrazzo e s'abbiocca sul pavimento vicino alle piante del basilico, che t'aspetti, la luna?

No per carità, resta un caro collega, buono per il cinema del giovedì o per andare il sabato pomeriggio alle partite del Bari, per poi abboffarsi di panzerotti e birra se vince. Ma per le faccende romantiche, non è cosa. Ci vuole altro per Lolita. Solo che non è facile trovarlo, lo so. Io però non m'arrendo, questo mai.

«Antò, guida piano per piacere. E spegni quella sigaretta. Dove stiamo andando? Dov'è successo il guaio?»

«Ah, devo andare piano?! Eccerto, quasi mi scordavo! Porto la principessa a bordo. Ad ogni modo abbiamo una certa fretta, ti rammento. C'è un ragazzo disperso e questa è un'emergenza. Andiamo dalle parti del faro, dove c'è il relitto. I sub dilettanti si immergono quasi tutti lì, ecchè non lo sai?»

«Antò, rallenta o scendo. E poi no, non lo so. Non posso mica sapere tutto. Di quale relitto parli? Ti ricordo che mi sono arruolata in polizia, mica nella marina militare.»

«Sei la solita supponente. Che c'entra, un commissario preparato deve sapere ogni dettaglio del territorio su cui opera. Mare compreso.»

«Ispettò, finiscila. Il fatto che siamo andati all'asilo insieme non ti autorizza a mancarmi di rispetto. Sono e resto un tuo superiore. Se vuoi dire cos'è 'sto relitto, parla. Oppure stàtt cìtt, che mi hai fatto venire il mal di testa, mi hai fatto venire. Mè.»

«Il mio superiore. Eh già. Ti dice niente il nome *Samuel J. Tilden*?»

«No, niente. Chi è?»

«Cos'è, piuttosto. È il nome di una nave americana, per la precisione un liberty da carico affondato a Bari nel 1943 durante un bombardamento tedesco.»

«E dov'è adesso questa nave?»

«Poco distante da qui. Due miglia al largo e cinquantacinque metri di profondità, proprio di fronte al porto. È lì che i ragazzi si sono immersi.»

«E tu come lo sai?»

«Che si sono immersi lì? La polizia portuale ha chiamato in questura per dare l'allarme.»

«Antò, grazie! Fin lì ci arrivo da sola. Come sai che la nave è lì, intendo.»

«Ah, la nave. È una storia che mi raccontava mio nonno, di quelle che non dimentichi più e che certe notti non ti fanno dormire finché non vai a rifugiarti nel letto di mamma e papà. Ero un bambino curioso, e lui aveva bisogno di raccontare una guerra che gli aveva portato via tanti amici, e anche una gamba. Raccontava a me, cercando di elaborare. Mio nonno si trovava al porto la notte in cui la Luftwaffe, l'aeronautica militare tedesca, affondò diciassette navi di varie nazionalità. Norvegesi, polacche, italiane, inglesi, americane. C'era anche la *John Harvey*, con il suo maledetto carico. Sai almeno questo, vero?»

«Di che parli, quale carico?»

«L'iprite, Lolita. Parlo dell'iprite! Ti dice niente? È la storia della tua città! La conosci, voglio sperare.»

Antonio ha alzato troppo la voce e questo non va bene.

«Uè giovane, bèll bèll. Nùn sì facenn' ù d'cchiù! La storia dell'iprite la conosco anch'io, che ci vuole.»

«Ah, la sai! Mah, poco ci credo. E che sai, vediamo? Cose da femmine, immagino.»

«Dici tu. So che nel dicembre 1943, al porto di Bari ci fu un bombardamento terribile. E che, per la gravità, è conosciuto come il peggior disastro navale della Seconda guerra mondiale dopo l'attacco di Pearl Harbor. A Bari ci furono mille morti e oltre ottocento feriti con gravissime menomazioni. Le notizie sono state sepolte per anni sotto il segreto militare e riguardavano il carico che una nave statunitense trasportava nella stiva. Duemila bombe M47A1 all'iprite, circa cento tonnellate di un gas il cui uso era proibito dal trattato di Ginevra. Per Bari un disastro terribile, l'unica consolazione fu sapere il legame strettissimo che ci fu con lo Sbarco in Normandia. E che se la Seconda guerra mondiale finì, fu anche per il sacrificio barese. Parliamo della stessa cosa, credo.»

Antonio resta senza parole, non si aspettava la lezioncina. Ma furbo com'è abbozza e si finge ammirato.

«Chapeau commissario, a volte mi stupisci. Hai ragione, è la stessa. La nave che trasportava l'iprite era la *John Harvey*. Affondò il giorno in cui mio nonno perse la gamba. Era mozzo su un motopeschereccio e dormiva in coperta al momento del bombardamento. La *Samuel J. Tilden* era gemella dell'*Harvey* e fu affondata insieme alle altre imbarcazioni ormeggiate nel porto. Quello che non sai è che la nave è ancora là sotto, con i dieci marinai che perirono in seguito all'esplosione e le stive probabilmente ancora cariche di iprite. L'identità dell'imbarcazione è stata incerta per molti anni nei quali si è creduto si trattasse della *Brindisi II*, un'altra nave affondata in guerra, probabilmente al largo di Mola di Bari. Solo di recente si è concluso che si tratti della *Tilden*. Il suo relitto perfettamente conservato è un'attrazione per i sommozzatori della zona e per il turismo subacqueo, ma a quanto pare continua a far vittime anche dopo settant'anni.»

«Che storia incredibile. Non la conoscevo così nei dettagli, Antonio. Mè, grazie.»

«E di che, Lolì. A disposizione. Non per dire, ma ne so sempre qualcuna più di te.»

«Che presuntuoso.»

«Uè, la scém.»

Fa lo spiritoso, fa. Ma oggi non attacca. Non sono dell'umore giusto.

«Andiamo Antò, sciamm'. Che coi ragazzi non si scherza.»

Quando arriviamo sul lungo braccio che circonda il porto e conduce al Molo Sant'Antonio, il sole sta per tramontare. Le saracinesche dei magazzini dei pescatori sono abbassate, ma qualcuno c'è ancora. Sono quelli più anziani, intenti a riparare le reti. A mano, come una volta. Senza fretta. Parlano del tempo, di calcio e di politica. E di come si stava meglio prima. Ho un nodo di nostalgia che mi stringe la gola, vorrei fermarmi a chiacchierare con loro, per sentirmi dire le stesse storie di mare che raccontava mio nonno. Tornare bambina per pochi minuti. Invece devo andare. Sono in servizio, faccio il commissario della Sezione Omicidi e il dovere mi chiama.

Mezza città si è già precipitata sul posto, i pontili sono affollati da curiosi pronti a scattare foto con i cellulari, alcuni già in posa con le mazze da selfie, ben attenti a inquadrare la barca a vela ormeggiata sullo sfondo. La ragazza si è tuffata da lì prima di morire.

C'è chi mangia un gelato, chi beve una birra. Chi azzarda latitudini e longitudini da esplorare. La speranza di trovare vivo il secondo ragazzo smorza di un tono la tragedia appena avvenuta.

Poco più in là, alcuni seduti su un gradino, altri appoggiati a una barca capovolta, ci sono gli amici che erano a bordo della *Pepenero* e i loro familiari. Si stringono e si fanno coraggio. L'elicottero arancione dei soccorsi continua a volteggiare minaccioso sul mare, alzandosi e abbassandosi a ogni falso allarme. Più avanti, nascosti da teli color argento, il medico legale e il sostituto procuratore di turno esaminano il cadavere della ragazza annegata. Mi avvicino in silenzio, alla luce dei fari l'immagine è ipnotica e surreale, sembra quasi di essere in un fumetto. Una ciocca bionda sfugge al nero lucido della muta da sub, da questa distanza potrebbe essere Eva Kant addormentata in attesa che Diabolik arrivi a svegliarla con un bacio. Vorrei davvero fosse così, invece è tutto reale, il carro funebre attende di trasportare il corpo all'Istituto di Medicina legale. E qui non siamo a Clerville, io non sono Ginko, sono Lolita Lobosco e questa è Bari.

Quando il carro funebre si allontana, tutto è silenzio. Nessun applauso, anche le mazze da selfie vengono abbassate. Anche il sole scompare.

Mentre si alza il maestrale e l'aria si rinfresca, si fanno le nove di sera. Il mare si increspa e i gabbiani tornano a riva, in una resa silenziosa. Non ci sono novità, Esposito ha raccolto le generalità dei partecipanti alla gita in barca e io li ho ascoltati brevemente. Lo shock è troppo forte per sottoporli a un interrogatorio più approfondito, anche i commissari della Omicidi hanno un cuore.

Le ricerche proseguono incessanti nonostante il buio in una lotta contro il tempo, con la convinzione o solo con la speranza che il sub sia stato trascinato dalla corrente in una zona poco distante da qui ricca di grotte marine. C'è una piccola possibilità che il ragazzo si sia spinto all'interno di una di queste e sia rimasto incastrato. L'ordine è di andare avanti per tutta la notte, sfruttando le luci del porto e della città oltre ai fari dell'elicottero.

Qualche ora dopo controllo l'orologio, è già mezzanotte. Le speranze sono diminuite in maniera verticale. Il molo è ancora affollato come la notte del Santo Patrono, ma c'è molta compostezza. Sono spariti i cartoni delle pizze e le bottiglie di Peroni, qualcuno dorme sulle gomene arrotolate, o avvolto nei plaid portati da casa.

Le possibilità di ritrovare vivo Luca Di Dio, questo il nome del sommozzatore disperso, svaniscono con il passare delle ore, man mano che l'alba si profila all'orizzonte, mentre i volontari del servizio civile distribuiscono thermos pieni di caffè e latte caldo. Ne prendo una tazza anch'io, sono digiuna da dodici ore e la mia lucidità comincia a far acqua. Gli occhi si chiudono per la stanchezza, ma devo resistere. Poco dopo l'una ho mandato a casa Esposito e Forte, io no, non me la sono sentita di lasciar soli questi poveracci. Sono rimasta qui, a cercare di infondere un po' di coraggio insieme a un paio di marinai, al capo della guardia costiera e al maresciallo dei finanzieri.

L'odore del caffè è terapeutico, rimanda ai mattini tranquilli, al tepore di casa, alla quotidianità familiare. E anche se quello dei thermos non ha il profumo e l'armonia di quello preparato con la caffettiera di casa, restituisce un po' di coraggio a tutti, anche a una signora di mezza età che ha passato tutta la notte tra pianti e singhiozzi.

«È la mamma di Luca» mi avverte sottovoce il capo della guardia costiera.

Mi avvicino a lei, le prendo le mani. Sono ghiacciate, le strofino cercando di scaldarle. Luca e Marinella dovevano sposarsi tra qualche mese, mi racconta mentre le riempio un'altra tazzina.

«Sa commissario, la data delle nozze era fissata per il 18 dicembre. Tre mesi esatti.»

La signora Vera Terlizzese, cinquantasette anni, professoressa di latino e greco al liceo storico della città, è la mamma di Luca Di Dio, figlio unico, trentun anni, commercialista e rampollo di una delle più note famiglie baresi.

Come tutti, conoscevo di fama il nonno di Luca, suo omonimo e decano del commercio cittadino, uno di quegli uomini che nel periodo d'oro a cavallo tra gli anni Settanta e i mitici anni Ottanta avevano contribuito a dar lustro alla città. Di quelli antichi, che al primo incasso del mattino facevano il segno della croce, e a fine anno investivano i guadagni in una delle palazzine del centro. Il suo negozio di abbigliamento per signori, signore e bambini, aveva otto vetrine nella strada più elegante di Bari ed era uno dei più frequentati e dei più celebri di tutta la provincia.

Mi siedo accanto a lei e le faccio coraggio, cercando di ottenere qualche dettaglio in più. Dico a me stessa che forse è inutile, ma lo faccio per abitudine, o perché talvolta i profili psicologici delle vittime aiutano la risoluzione dei casi che appaiono più disperati.

Il viso stanco della professoressa Terlizzese si illumina mentre racconta della ragazza morta. O forse è la luce del mattino che sta sorgendo adesso.

«Un angelo, commissario. Ha mai incontrato un angelo sulla Terra? Ecco, Marinella era così.»

Vorrei dirle che sì, a volte è capitato anche a me di incontrare un angelo, solo che è passato così tanto tempo che non me lo ricordo più. Ma preferisco tacere per non interrompere il flusso dei suoi ricordi.

La fidanzata di Luca, Alvino Marinella, era di Otranto. Aveva da poco compiuto vent'anni, ancora quasi una bambina, ed era una studentessa fuorisede. Iscritta al secondo anno della facoltà di Biologia, divideva un appartamento al quartiere San Pasquale con altre tre studentesse salentine. L'appartamento, ottanta metri quadri più servizi arredati all'Ikea, era situato sullo stesso piano dello studio da commercialista di Luca Di Dio. Era proprio lì che i due fidanzati si erano conosciuti, sul pianerottolo, una sera che Luca stava chiudendo la porta. Dopo fugaci incontri in ascensore, sguardi dolci e brevi conversazioni, era nato il loro legame. Un colpo di fulmine, sussurra Vera, tra una lacrima e un sorriso. Forse dovuto anche alla comune passione per il mare e per le immersioni subacquee. Avevano deciso di sposarsi nonostante la famiglia Alvino inizialmente non fosse d'accordo, vista la giovane età di Marinella. Temevano che la decisione affrettata interferisse con gli studi della ragazza. E invece non c'era stato il tempo di niente. Il mare nero aveva portato via l'angelo. La signora Terlizzese evita di parlare di Luca per tutto il tempo, attaccata disperatamente all'idea che suo figlio si salverà, che i sommozzatori lo ritroveranno sano e salvo, è solo questione di ore, anzi no, di minuti. Poi all'improvviso crolla, mi abbraccia, piange a dirotto.

«La prego commissario, ritrovate mio figlio, ho soltanto lui.»

«Stiamo facendo il possibile, signora.»

«Faccia anche l'impossibile dottoressa, la scongiuro.»

Vorrei prometterle che presto tornerà, che la squadra di soccorso ce lo riporterà sano e salvo, ma a ogni minuto che passa diminuiscono le possibilità di ritrovarlo vivo. Posso solo provare a farle coraggio, a distrarla un po' chiacchierando con lei.

Passa un'altra mezz'ora, la signora Vera mi sta raccontando del vestito da sposa color perla, del velo lungo di tulle e delle bomboniere.

«Angioletti rosa di biscuit da appendere al lampadario. Belli, sa. Belli com'era bella lei.»

S'asciuga una lacrima che scende da sola a rigarle le guance paffute, poi si fa forza e continua. Racconta della masseria che avrebbe ospitato la cerimonia e del catering che avevano scelto gli sposi, naturalmente il più chic della città. Ci sarebbe stato il carrettino dei gelati, il casaro che annodava le mozzarelle una a una, l'apritore di ostriche per gli amanti del pesce crudo e una giostrina coi cavallucci per far giocare i bambini.

Sto proprio pensando al Carmen Catering Cucina a Km Zero di mia sorella Carmela, è un po' che non vado a trovare lei, mia madre e i nipotini, quando con discrezione qualcuno mi avverte che è appena stato ripescato un corpo. È quello di Luca. Era in una delle stive del relitto. Senza il filo di Arianna attaccato al polso. Ho un brivido, è morto anche lui. Povera signora Vera, come faccio a dirglielo.

I genitori della ragazza, titolari di una piccola casa editrice, sono stati rintracciati e avvertiti della tragedia solo dopo un paio d'ore. Erano a Roma per una fiera del settore insieme al figlio maggiore e sono ripartiti in auto immediatamente.

Arrivano pochi minuti dopo il sostituto procuratore e il medico legale, appena richiamati sul molo. In tempo purtroppo per vedere arrivare dal mare il cadavere di Luca. Il giovane era stato rinvenuto a cinquantatré metri di profondità, senza la maschera. Poveri ragazzi mannaggia, escono in barca per divertirsi e si ritrovano in una bara di zinco. Altro che matrimonio e angioletti rosa di biscuit. Non è giusto, non è. Se solo 'sti giovani imparassero a essere più prudenti.

Un paio d'ore dopo, quando ogni cosa finisce e tutti vanno via, l'acqua di mare e l'odore del pesce nelle casse, sbarcate dai pescherecci appena rientrati dopo le battute della notte, lavano via il dolore che aleggia sul molo. Dopo lo shock, la città ha ricominciato ad andare veloce. Le macchine, i tram, i bambini da accompagnare a scuola. I runner metropolitani che corrono sul lungomare.

Il mattino stinto di azzurro sembra aver già dimenticato, ma non io. Mi guardo intorno e mi sento come un polpo sbattuto. Mi siedo un poco a riposare, a succhiare le cozze nere che un marinaio apre davanti a me.

«Tieni signorì, mànget' la còzz. Ndà denz, 'u muèrte jè mmuèrte, penzàme alle vive.»

Pensiamo ai vivi, dice. Eh già, la filosofia levantina. Beato lui, vorrei essere capace anch'io di scordarmi le cose. Ma come fai a scordarti una notte così? Bel modo di cominciare un compleanno, mannaggia. Proprio un brutto augurio. Allora vorrà dire che non sarà neppure questo l'anno giusto per l'amore. Dovrò stordirmi con il lavoro, come ho fatto finora.

Sento una mano leggera sulla spalla, quasi una carezza. Esposito è venuto a prendermi.

«Andiamo commissà, l'accompagno a casa. Deve riposare almeno un po'.»

«Riposare?! Con due morti all'obitorio? Non se ne parla, Espò. Portami in questura.»

«Comandi commissario, però dopo una notte così... Riposatevi almeno una mezz'ora. Poi vi fate una doccia, vi pigliate un caffè e tornate come nuova. Mi chiamate e io vi vengo a riprendere.»

«*Tornate come nuova,* dici tu. Chissà che faccia tengo allora. È vero Espò?»

«Siete stanca, commissà. Si vede.»

«Quelli so' i quarantanni Espò, la stanchezza non c'entra. Te lo dico io.»

«Mannò commissà, ma che dite? Siete sempre bellissima, pure oggi che avìt fàtt 'o compleanno.»

«Espò, niente bugie per piacere.»

«Mannò, ma quando mai. Chi si permette co' voi.»

«Ecco bravo, non t'azzardare. Ah senti, la vuoi una cozza?»

«No grazie, sono in servizio.»

«Mè sciamm', 'na cozza! E che sarà mai?»

«La verità, commissà?»

«Dì!»

«Tengo un poco di colite, e non vorrei rischiare una costipazione, col turno che finisce alle sei.»

«No no, 'nziamai. Mi servi intero. Andiamo Espò. Portami alla questura.»

Appena arrivata nel mio ufficio, l'ispettore Forte mi informa che i corpi sono all'Istituto di Medicina legale. Sarà l'autopsia a stabilire se si sia trattato di un incidente, di un malore avvertito durante l'immersione oppure se i due sub abbiano inalato qualcosa di diverso dall'aria contenuta nelle bombole. Nel pomeriggio chiamerò il professor Introna per un colloquio informale, sperando che nell'arco di ventiquattr'ore si possano avere delle certezze in modo da rilasciare ai familiari il nulla osta per le esequie. Marinella verrà sepolta con l'abito da sposa e il velo bianco.

La struttura alberghiera convenzionata con la questura dove è momentaneamente alloggiata la famiglia di Marinella Alvino è poco distante dalla sede dell'Ateneo. Un piccolo hotel a tre stelle dignitoso e triste, adatto alla circostanza. La mamma, il papà e il fratello della ragazza mi aspettano seduti in un salottino nella hall. Hanno davanti una pila di quotidiani. Su tutti si parla della tragedia, su tutti in prima pagina c'è il volto di Marinella. Porgo le mie condoglianze e restiamo in silenzio per qualche minuto. Il tempo della commozione. Sono i momenti più difficili del mio lavoro, quelli in cui non hai nessuna risposta da dare agli interrogativi silenziosi delle famiglie, non puoi fornire nessuna spiegazione plausibile a un accaduto tanto grave, puoi solo promettere il tuo impegno massimo affinché venga stabilita la verità.

Cerco di acquisire qualche dato in più rispetto a quelli che abbiamo in mano, qualsiasi informazione riguardo all'attività subacquea di Marinella, al suo grado di esperienza in merito. I signori Alvino rispondono a monosillabi, probabilmente sono sotto l'effetto dei sedativi che qualcuno gli ha prescritto per sopportare lo shock di una tragedia improvvisa. È Marco, il fratello maggiore, a fornire qualche informazione utile sui brevetti conseguiti, la frequenza delle immersioni, il carattere della ragazza. Serio, posato, senza colpi di testa. Esclude che sua sorella possa aver commesso una leggerezza, e non sa darsi pace. Continua a stringere le mani così forte da avere le nocche bianchissime. È quello che dei tre mi fa più pena. Il più piccolo a essere colpito, quello che adesso dovrà farsi carico di tutto il peso del dolore.

Il compleanno

Per colpa di Forte, maledettallui, in questura la faccenda del compleanno non è sfuggita a nessuno. Applausi, fiori e baci pure nell'ascensore. Percorrere il lungo corridoio che conduce alla mia stanza è stata un'impresa. Impiegati e poliziotti fuori dalle stanze, tutti a cantare *tantiauguriattè*. Una cosa talmente imbarazzante da andarsi a nascondere, io che me la volevo dimenticare 'sta giornata. Però tengo duro sulle mie posizioni e non offro niente a nessuno. Nemmeno al nuovo questore, che lascia il terzo piano per pochi minuti e viene a rendermi omaggio.

«Buon compleanno, commissario Lolita, sei la migliore. L'ho pensato nell'istante in cui ti ho conosciuto, e confermo a tutt'oggi.»

«Mi fa arrossire, dottore.»

«E perché? È tutto vero. Brava e bella come poche. Due pastarelle però le potevi portare a questi poveri disgraziati, me compreso. Con il mestiere duro che facciamo, abbiamo bisogno di dolcezza qui dentro, lo sai. E se non ci pensi tu, a noi chi ci pensa? Da che mondo è mondo è la femmina che deve sfamare l'uomo. O no?»

Ride, come lo scemo che è. E abbraccia troppo per i miei gusti. Mi divincolo dalla sua stretta con la scusa di aprire la finestra e replico. Tenendo l'acidità a bada, visto che si tratta del mio diretto superiore.

«Questore caro, alla faccia delle pari opportunità mi viene da dire. Nei secoli le cose sono cambiate, ma forse lei non se n'è accorto. Ad ogni modo, stavolta è andata così. Con quei due ragazzi finiti nel mare, tenevo altro da fare stamattina che andare a comprare le pastarelle. Facciamo un'altra volta. Magari all'onomastico.»

«Giura, commissario.»

«Prometto, questore. Mi spiace, non ho l'abitudine di giurare.»

Non offro niente nemmeno a Esposito e Forte, che però m'hanno fatto un regalo, oltre al mazzo di fiori che campeggia sulla scrivania. Un regalo strano, ma che porta fortuna, mi hanno assicurato. E speriamo che sia davvero così, altrimenti 'sta poliziotta con un gallo in mano e la faccia mia a forma di fischietto di terracotta, fatta fare apposta a Rutigliano, gliela sbatto in testa, che gliela sbatto.

Un compleanno strano questo, perfino Carmela s'è ricordata, per la prima volta nella vita sua. Con i soliti modi gentili.

«Uè Lolì, se non mi sbaglio oggi è il compleanno tuo.»

«Ciao Carmè, sì, è oggi.»

«Ecchettidevodire sorella mia, auguri! Dietro mi vieni, stai a fa' vecchia pure tu.»

«Grazie Carmè, sempre gentile.»

Sto quasi per mandarla a quel paese, se non fosse che arriva l'invito.

«Ah, senti Lolì, ha detto mammà che stasera chiudiamo presto la bottega e facciamo i panzerotti apposta per te. Che dici, va bene? O tieni da lavorare? Mo' mo' abbiamo sentito alla televisione il fatto dei due ragazzi. Madònn, che cosa brutta. Poveri figli. Povere madri.»

«Carmè, cambiamo argomento ti prego. Che per questa tragedia proprio di oggi tengo uno scuorno che non ti voglio dire. I panzerotti, hai detto? Eccerto che vengo, tengo proprio bisogno di una bella serata. Diglielo a mammà, che appena mi sbrigo ci vediamo. Le otto, le otto e mezza al massimo.»

«Speriamo, basta che non te ne vieni all'ultimo, come fai tu.»

«Nòne. Ti ho detto che stasera faccio presto. Promesso. Grazie Carmè. Salùtm a mammà.»

«Statti bene Lolì. Ah, la torta te la facciamo noi.»

«Grazie Carmè, allora porto una bottiglia di spumante.»

E questa è andata. Ma la giornata è lunga e sono appena le dieci.

In tarda mattinata faccio una scappata al Policlinico, all'Istituto di Medicina legale. Al piano interrato c'è la sala autopsie, e il direttore, professor Introna, sta operando. Almeno così mi dice l'ometto calvo al di là del vetro della portineria.

Di solito salgo a controllare personalmente, ma oggi ho altro da fare e mi voglio fidare. Fuori dal reparto, seduti sui gradini in attesa, ci sono moltissimi tra ragazzi e ragazze. Jeans, libri, felpe e unghie colorate. Sono i compagni di corso di Marinella. Più in là, uno sparuto gruppetto è seduto in disparte su un muricciolo. Qualcuno con la testa tra le mani. Sono gli stessi di ieri sera, i familiari e gli amici di Luca e Marinella. Uno singhiozza penosamente, un'altra fuma una sigaretta dopo l'altra. Domani dovrò vederli in caserma, ascoltarli uno per volta e capire che cosa non ha funzionato e se esistono responsabilità oggettive in capo a qualcuno. Un'imputazione per omicidio colposo in questi casi è abbastanza frequente. Adesso però scappo, oggi è il mio compleanno e voglio andar via da questo posto pieno di ambulanze e carri da morto. Che sarò pure barese per nascita, ma in certe cose sono napoletana fino all'osso.

Per strada, mentre torno in questura, sole e varichina cercano di ristabilire un equilibrio nell'ordine convulso della città. L'odore della focaccia e dei polli al girarrosto che rosolano fuori dalle macellerie accompagna i miei passi, insieme al din don delle campane di mezzogiorno. Mi fermo a un bar per prendere un espressino e approfitto per rispondere ai messaggi di auguri. Tanti, tantissimi. Troppi in effetti. Stefano, Tonio, Assunta Malaspina, Angela Varco. Danilo. Tutte 'ste mosse per un compleanno. Manco fosse il Giubileo. Io che me lo volevo scordare.

Intorno alle due provo a richiamare il professor Introna. Sono già tre volte che il cellulare rimanda il segnale di spento. Strano, l'autopsia dovrebbe essere già terminata. A meno che.

Le quattro. Il telefono del professore è ancora spento. Mi mangiucchio le mani per qualche minuto, poi mi convinco che in certi casi osare si deve, e che se il Prof mi ha dato il suo numero personale, un motivo ci sarà. E in questo caso il motivo c'è eccome, con due ragazzi annegati che riposano in un cassetto frigorifero dell'obitorio. Il Prof risponde al secondo squillo, menomale, e allora forse non l'ho disturbato.

«Lolita carissima, come va? Sai che stavo per chiamarti?»

«Davvero? Sono passata in Istituto stamattina ma stavi operando, e poi è dalle due che provo a farlo io, per questo ho insistito anche su questo numero. Scusami.»

«Nessun problema, figurati. Con il lavoro che facciamo, siamo reperibili ventiquattr'ore su ventiquattro. Sono ancora in Istituto infatti, mi sono attardato per alcune cose delle quali voglio parlarti.»

«Dimmi pure.»

«Se riesci a raggiungermi è meglio.»

«D'accordo. Dammi dieci minuti.»

L'ufficio del Prof è grande quanto un appartamento, pieno di foto, quadri, oggetti bellissimi che ci perderesti le ore a guardarli uno per uno. Il solito affollamento di specializzandi e colleghi che vanno avanti e indietro. E per fortuna ti scordi dove stai, e cosa c'è due piani più giù.

La poltroncina in pelle nera è comoda e accogliente e ne approfitto per riposare.

«E allora Prof?» sospiro. «Qualsiasi cosa sia, dilla piano. Oggi non ho la forza neppure di ascoltare. Ho passato la notte al molo e sono stremata.»

«Tranquilla. Sai, è ancora presto per i risultati autoptici, ma qualcosa posso dirti. Perché ho l'abitudine, per prima cosa e soprattutto in certi casi, di *fare l'autopsia* anche all'attrezzatura.»

«Come sarebbe *fare l'autopsia all'attrezzatura*? Nei casi di morte violenta fa parte della prassi, o cosa?»

«Ecco, non rientra nella procedura in senso stretto, è piuttosto una parte delle indagini riservata alla polizia scientifica con la quale collaboriamo. Per quel che riguarda me, ho seguito dei corsi appositi, oltre ad avere una naturale passione. Da bambino mi sarebbe piaciuto fare il commissario, adesso che mi ci fai pensare... Ma guarda, lo avevo quasi dimenticato.»

«Dai, dici davvero? Per poco non siamo stati colleghi allora.»

«Eh già, sarebbe potuto accadere. Dunque, in merito alle morti Alvino e Di Dio, ho esaminato accuratamente l'attrezzatura subacquea delle vittime, in particolare le bombole. Sono quelle che hanno rivelato, come dire, una sorpresa poco piacevole.»

«Poco piacevole in che senso, professore? Ti prego, non tenermi sulle spine. Sai, è stato atroce vederli arrivare dal mare, ormai cadaveri. Uno dopo l'altro. Così giovani, così belli. Da quel mare che noi qui al Sud abbiamo nel dna, che impariamo da bambini a considerare il nostro elemento naturale. Un amico, non un pericolo. È tutto così triste. Avverto un dolore intimo, che va oltre la professione. Io, come te del resto, alle morti sono abituata. Nelle indagini do il massimo, ci metto intuito, tecnica e passione, tratto ogni persona che interrogo con il massimo rispetto, tenendo bene a mente quella presunzione di innocenza che troppo spesso in Italia è dimenticata. Però, quando assicuro l'assassino alla giustizia, chiudo il fascicolo e cerco di archiviare. Fino al prossimo omicidio. A volte passano due mesi, altre volte una settimana, e si ricomincia. Eppure esistono casi che non riesci a dimenticare. Ci sono volti che tornano nei sogni, in certe notti inquiete. Il piccolo Morris, Sabino Lavermicocca. Marinella, bella come una sirena addormentata, riemersa dal mare poche ore prima del mio quarantesimo compleanno. E chi se la scorda questa ragazza, professore. Chi se la scorda più.»

«Mi dispiace Lolita. Scusa, non sapevo del tuo compleanno. Oggi, quindi. Una coincidenza triste, mi rendo conto. Bellissima l'immagine della sirena addormentata. Si sente il profumo del mare quando racconti, e anche il dolore. Sei un bravo commissario Lolita e in molte cose ci assomigliamo. Sai, molti anni fa, recuperai il cadavere di una giovane donna rinvenuta su una spiaggia di scogli e sabbia, dove era stata trasportata dalle correnti marine. Tra i lunghi capelli di un colore indefinito che virava al rosso Tiziano, spiccava una piccola stella marina, come ultimo atto di vanità di una vita che non era più. Ecco, io quella ragazza non la dimenticherò mai.»

«Lo so Prof, e chi ti conosce non può non capirlo. È consolante sapere di non essere i soli ad avere un'anima in questo lavoro. E che c'è qualcuno simile a noi, da qualche parte. Adesso però dimmi, qual è la sorpresa che hai per me?»

«Purtroppo non è una sorpresa di compleanno: nelle bombole, o meglio solo in una, c'era una concentrazione elevata di monossido di carbonio.»

«Ommadonna. E nell'altra invece?»

«L'altra era vuota, chi la indossava è morto annegato quando è finito l'ossigeno.»

«Quindi questo vuol dire che...»

«No Lolita, fermiamoci qui. Devi esser tu a trarre le conclusioni. Il tuo lavoro comincia adesso. Certo, comprendi che trovare del monossido in una bombola da sub è abbastanza insolito. A ogni buon conto, dovrò aspettare i risultati degli esami autoptici prima di rilasciare il referto.»

«Grazie Prof, come sempre mi sei di grandissimo aiuto. Ho promesso a mia madre che stasera vado da lei a mangiare i panzerotti, ma già da domani iniziamo ad ascoltare i testimoni. Come sai le prime duecentoquaranta ore sono fondamentali nello svolgimento delle indagini. Ah senti, un'ultima cosa, sapresti dirmi chi indossava la bombola piena di monossido?»

«Sì, con precisione assoluta. La ragazza.»

«La ragazza?!»

Il mio è quasi un grido. Gesù, chi può aver ucciso una ragazzina? Se di omicidio si tratta, maledizione. Per deformazione professionale nella mia mente cominciano ad affollarsi gli scenari possibili, ma devo andarci piano, lo so. Dopo l'omicidio di Colino Stramaglia e l'errore di un arresto a danno di persone estranee ai fatti, ho imparato ad andare con i piedi di piombo. Forse la morte di questi due ragazzi è stata un incidente o forse no. Però non resisto, un'altra domanda al Prof la devo fare.

«E senti, in tutta confidenza e con tutte le cautele del caso, è lecito a questo punto azzardare l'ipotesi di un omicidio?»

«Commissario, in tutta confidenza, è lecito.»

Madonnasanta, allora è vero.

«Grazie ancora. Ah no, un'altra cosa. L'ultima davvero, poi vado. Sono state autorizzate le esequie?»

«Non ancora, lo faremo entro domani. Provvederò a fartelo comunicare in anticipo. Buona serata Lolita, e buon compleanno. Mmmh, i panzerotti. Mi fai venire una voglia.»

«Eh Prof, fammi chiudere il caso e una sera te li faccio io. Prometto.»

«Ci conto.»

Alle diciotto del 18 settembre, Marietta Carrozza, l'amicamia del cuore, nonché procuratore capo di Bari, non ha ancora chiamato. All'aria all'aria com'è, si sarà scordata, gialosò. Pure peggio di Giovannimio, che almeno ha mandato un messaggio di auguri di poche parole, in linea con il suo stile.

Buon compleanno.

Mi manchi.

B.

Dove B sta per bacio, mannaggiallui. Ad averci un Maalox nella borsa, me lo prendevo. Perché la nervatura che questo mi fa venire, solo lui.

Però dopo nemmeno tre minuti, menomale, mi telefona Marietta, e la giornata s'addrizza.

«Tanti auguri attè, tanti auguri attè... Auguri stelluccia mia, tu credevi che mi fossi scordata invece no, non me lo dimentico il compleanno dell'amicamia. Ma oggi qui in procura ho avuto una giornata che non ti dico. I due ragazzi annegati, un mare di carte da firmare, riunioni su riunioni. Il procuratore generale che voleva parlarmi. Un incontro con il prefetto. Adesso però ho detto a tutti di lasciarmi stare perché devo dedicarmi a Lolituccia mia. Che ne dici se ci vediamo tra un po'? Così prima andiamo a comprare un regalo per te e poi a mangiarci una cosetta. Un po' di pesce crudo sul lungomare, o il sashimi dal giapponese. Decidi tu, oggi ti tocca.»

«Ah be', finalmente ti ricordi dell'amicatua! I tuoi auguri arrivano in ritardo, ma sono i più graditi. Lo sai che finché non mi chiami, non è ancora il compleanno.»

«Amore.»

«Ehi. Lo sai che è così. Però no, a mangiare una cosa stasera non posso. Mia madre e Carmela fanno i panzerotti in mio onore e non posso mancare. Anzi, perché non vieni? Anche con Filippo e i bambini, ci mancherebbe.»

«I panzerotti dici? Gesù che tentazione! Però no, preferisco evitare, lo sai che sto grossa come una zampogna di Natale.»

«Ma quando mai, stai benissimo stai.»

«Dici tu... invece ho messo due chili in più, altrocché. Mi sono pesata proprio stamattina. E allora come facciamo? Perché io ti voglio vedere...»

«Anch'io ti voglio vedere. Dai, facciamo che rimandiamo regalo e cena alla settimana prossima e ci vediamo una mezz'ora oggi stesso. Ti va?»

«Certo, passa da me quando finite di mangiare. Ti aspetto.»

«Mariè, stasera non si può. Noi qui non mangiamo, ci mettiamo a tavola. È diverso, lo sai. Ore e ore. I panzerotti, poi la torta, le candeline, gli auguri. Prima di mezzanotte da mia madre non finisco. Quindi se tu puoi, vediamoci mo'.»

«Mo' proprio?»

«Sì. Va bene?»

«Vabbè dai, ti posso dire no? Dove?»

«Vieni al Dolceamaro.»

«Cinque minuti.»

I cinque minuti diventano mezz'ora, ma con Marietta si sa. Mi mantengo calma, visto il giorno che è, ma il problema mio oggi non è la puntualità. È Carmela, mia sorella. Perché se arrivo a casa e trovo i panzerotti già fritti sul tavolo, chi se la sente quella. Uffa!

Ma poi finalmente arriva, con i poliziotti della scorta e un bouquet di margherite tra le mani, e io mi scordo tutto. Ritardi, indagini, e pure Giovanni.

Davanti a due spremute con ghiaccio, i discorsi nostri già si sa dove andranno a parare. Roba sentimentale tout court.

«E quindi Giovanni?»

«E quindi niente, stamattina ha mandato un messaggio ma io non ho risposto.»

«Hai fatto bene. Chessicrede, che stiamo ad aspettare allui? E poi?»

«E poi dopo un paio d'ore ha chiamato, voleva farmi gli auguri.»

«Gli auguri? E basta? E tu hai risposto?»

«Ebbè, a quel punto sì. Pareva brutto non rispondere, in fondo erano auguri.»

«Ecchevvoleva? Che ha detto?»

«Macheneso', dice che gli manco, che senza di me non può stare.»

«E tu gli credi?»

«Sei pazza?! A uno così non credi più. Un vero piazzista, te l'ho sempre detto. Sì, l'ho amato, non lo nego, ma adesso è finita. Per quanto mi riguarda basta una sola menzogna perché il dubbio travolga tutta la vita.»

«Ha detto altro? Tipo vediamoci?»

«Mariè, che cambia se ha detto altro? Se è per questo ha anche detto che ha voglia di fare l'amore.»

«Be' caspita, lo vedi che c'è dell'altro? A 'sto punto usalo per il sesso. Lo sai come si dice, no? Del maiale non si butta via niente, e poi pare che la donna a quarant'anni sia nel pieno di... delle... vabbè, insomma hai capito. Milf, ci chiamano. Su quel versante posso confermare tutto. E poi lui di bello è bello, almeno quello. E non solo, mi auguro.»

E qui Marietta ride, mannaggiallei. Nicolamio è un grande

amatore, non ne fa mistero. Però mi tocca deluderla perché invece Giovanni da quel punto di vista non era tutto 'sto granché.

«No Mariè, manco quella fortuna ho avuto. Il sesso con lui era una cosa tranquilla, ginnica per lo più. Unoduè unoduè, tipo marcia militare. Non ne vale la pena, credi a me.»

«Meglio Danilo, allora.»

«Quello è sicuro. Non c'è paragone.»

«Allora lascialo perdere.»

«Tranquilla. A Giovannimio non lo penso più. Tutto l'amore del mondo dietr'allui. *Je ne regrette rien*, come dice una vecchia canzone, ma adesso so che è stato un errore. Tornassi indietro non lo rifarei.»

«Hai ragione, uno così non ti merita. Eppure ho l'impressione che, per com'è finita, tu di questa storia non mi abbia raccontato tutto, è come se tra voi due sia accaduto qualcosa di più grave.»

«Eh. Che tu il procuratore capo fai.»

«È così? Allora non mi sbaglio. E ch'è stato? Dillo a Marietta tua, sfogati. Lo sai che non c'è niente che tu non possa dirmi.»

«Lo so, ma non è per quello che non te ne ho parlato. È stato per pudore, forse è stato per Giovanni stesso, per lasciargli una briciola di dignità, almeno ai tuoi occhi.»

«Per Giovanni! Ma figurati, che mi frega di quello anche se è un collega? Tanto l'ho capito che tipo di uomo è. E l'ha capito pure Nicola se è per questo.»

«Ah be', se l'ha capito Nicola, abbiamo detto tutto. Te lo raccomando quello. Però non lo so Mariè, non fino a questo punto. O almeno, per me è stato così.»

«E dimmi dai, che ha fatto?»

«Niente, è capitata 'na storia brutta. Pochi mesi prima che tutto finisse, trovai delle foto sul suo iPad. L'avevo preso per caso perché il mio era scarico e dovevo cercare l'orario dei voli aerei. C'erano foto di donne. Sai, quella cosa che si usa adesso. Sexting, si chiama.»

«E che sarebbe? Un vibratore?»

«No no, che vibratore. È un modo di fare sesso online,

quando si è a distanza. Uno scambio di video erotici, di foto sexy eccetera eccetera.»

«E chi le aveva scattate 'ste foto, Giovannituo?»

«No, lui le aveva ricevute da due donne diverse.»

«E tu le conosci 'ste donne?»

«No, ma ho fatto alcune indagini e ho capito chi sono.»

«Cioè?»

«Sono le due destinatarie dei regali di San Valentino che erano nel suo armadio.»

«E lui, che ha detto lui delle foto? Ha confessato?»

«See, figurati se uno così confessa. Piuttosto si vende l'anima. Ha inventato una delle sue solite storie, dicendo che era una faccenda vecchia, che 'ste due le conosceva a malapena, che si erano fatte un film su di lui, e che per sedurlo avevano cominciato a fare questo gioco delle foto.»

«Ma veramente ha detto così?»

«Sì Mariè, ha detto così.»

«E che cazzo di uomo è?»

«Non è un uomo. Capisci adesso? È per questo che con Giovanni non ci posso più stare. Perché in un uomo così non c'è niente da salvare. È tutto sporco. Tutto nero, come il mare che ha inghiottito quei due ragazzi.»

«Madonna, mi dispiace. Che botta hai preso con questo delinquente. E senti Lolì, dimmi una cosa, le foto gliele hai mandate pure tu qualche volta?»

«Io?! Ma sei pazza? E per chi mi hai preso. E poi mi ci vedi a fare certe cose, con una mano qui e un'altra alla mazza del selfie. No no, noneccosa per me.»

«No vabbè che c'entra, tra fidanzati, o amanti, certe cose possono pure succedere... Non ci sta niente di male, ti assicuro. Poi adesso coi telefonini, è così facile che a volte ti viene la tentazione.»

«Ah, la tentazione. Cos'è Mariè, tu pure?»

«Mah, forse... Cioè sì, una volta o due.»

«L'avevo capito. Vabbè, so' fatti tuoi. Io non giudico mai, lo sai. Non giudico neppure quelle due povere criste che gli hanno mandato le fotografie per conquistarlo, o per compiacerlo. Ma che lui deve dire che non ne sapeva niente no, questo no. Non si fa. Esiste un'etica pure in questo tipo di rapporti. Un uomo così non merita rispetto, o non merita me per lo meno.»

«Sicuro. Il fatto è che di uomini simili ce n'è fin troppi. Sapessi quanti ne ho visti sfilare davanti a me in tribunale. Oggi poi, che lo scenario degli imputati è più eterogeneo. Imprenditori rampanti, banchieri, professionisti in giacca e cravatta. Uomini curatissimi e belli, abituati a incantare le donne innamorate, a fregarle con continue bugie. A farla sempre franca. Poi arrivano lì, si siedono sul banco e credono di potercela fare anche davanti a un giudice, soprattutto se è una donna. Raccontano storie inverosimili, a volte piangono, rivogliono la dignità. E davanti a una condanna definitiva sono increduli come bambini innocenti. Disperati. Ce ne sono alcuni che piangono come vitelli. Una pena che non ti dico. Credimi, a volte ho provato il bisogno di tornare indietro, di ribaltare una sentenza infausta. Per assolverne qualcuno, o solo per scendere a fargli una carezza.»

«Hai ragione, sì. Succede anche a me, quando ho davanti qualcuno che so con certezza essere un assassino. A volte fanno pena. Posano la testa sulla scrivania e piangono. Anch'io talvolta vorrei farla quella carezza. Ma resto ferma, anche se non è facile. E tu, lo hai fatto mai?»

«No, mai. Non si può Lolita. Abbiamo ruoli precisi, mica stiamo a giocare a tressette. E certi uomini dovrebbero tenere a mente che nella vita il conto prima o dopo si paga, in un modo o nell'altro, se ti prendi gioco di qualcuno. Della giustizia, o di una donna.»

«Sì, è così.»

«E con Lorenzo come va? Lo vedi ancora?»

«Solo per lavoro. Con lui non ha funzionato dall'inizio.»

«Vabbè Lolì, adesso non ci pensare. Troverai un altro. Però ti devi aggiustare la testa, hai quarant'anni ed è il momento giusto. I tempi cambiano, devi adeguarti anche tu.»

Sarà la stanchezza di una giornata pesante ma Marietta a volte sragiona.

«Che vuoi dire scusa, non ti seguo.»

«Ascolta, il fatto è che – a parte Giovanni – se tutte le tue storie vanno a finire maluccio, potrebbe darsi dipenda anche da te, non solo dagli uomini che incontri.»

«Spiegati meglio.»

«Ti spiego, però non irrigidirti per favore. Sennò non parlo più.»

«Parla sciamm', non fare la commedia.»

Alzo un po' la voce e le signore intente a bere il tè sollevano lo sguardo, allarmate.

«Lolì, parliamoci chiaro. Tu riguardo ai sentimenti sei antica. Ferma ai romanzi di Jane Austen che leggevamo da ragazzine.»

«Non vedo il problema.»

«Lo so, si capisce dai risultati. La tua vita sentimentale è un fallimento. Eppure sei bella, bellissima, in gamba. Sei una delle donne più desiderate di Bari, non ti dico nel mio mondo quanto si parla di te. Se non fossimo così amiche potrei quasi essere gelosa. Tra avvocati e magistrati, il 98 per cento sogna di portarti a letto.»

«Finiscila.»

«E perché? È la verità. Piaci moltissimo perché sei bella e impossibile, ma quando uno si avvicina, lo fai scappare. Sempre. Sono più di vent'anni che ti conosco, e la storia è sempre la stessa. Com'infatti stasera che compi quarant'anni e vai a mangiare i panzerotti a casa di tua madre, anziché stare a festeggiare con un uomo in una località romantica.»

«Ti ripeto, non vedo il problema.»

«Lo vedo io, che ti sono amica e ti voglio bene. E questo è sufficiente. Cerca di cambiare Lolì, cerca di capire che gli uomini sono come i bambini, e vanno presi per quello che sono. Basici. Solo che poi i bambini crescono, e gli uomini no. Restano così. Ti devi convincere.»

«Uhm, non lo so.»

«E poi, un'altra cosa.»

«Che altro?»

«Devi imparare ad accettare il precariato sentimentale, adesso che non esiste più manco il posto fisso. Figuriamoci l'amore fisso. Mettiti in mente due punti: uno, che l'amore per sempre non esiste più, quindi scordatelo. Due, che ti devi addolcire, te lo dico sempre. Sei troppo ruvida, anche in pubblico.»

«Hai finito? Adesso parlo io. Perché Mariè io non mi rassegno, e non cambio di una virgola. So di andare nella direzione giusta, me lo dicono le stelle.»

«Ha parlato l'astrologa, ha parlato. E chi sei, Franca Mazzei?»

«Lascia perdere, lo troverò prima o poi un uomo fatto a uomo. Perché non basta vivere, bisogna essere. E il mio amore per sempre deve essere così. Non lo so se esiste, ma non smetterò di cercare. È già triste aver smesso di sognare.»

«Non dire questo Lolì, ti prego. Non ti amareggiare. Non oggi, che è il tuo compleanno e hai la vita davanti a te.»

«Invece è così. Sai, a volte credo che i miei sogni bruciarono insieme al teatro che rappresentava questa città. Avevo diciassette anni, e Stefano mi lasciò proprio quel giorno. Il mio primo amore e il Petruzzelli furono distrutti insieme. Da allora non sono stata più quella, e neppure Bari lo è più. Basta leggere un giornale qualsiasi. Corruzione, tangenti, scandali politici e giudiziari. Mafia e terrorismo. Una suburra che non trova fine. Per i ragazzi non c'è posto, tutto chiude, perfino quei locali storici dove tra il freddo e i topi nascevano rocker e poeti. Ha chiuso anche la Taverna del Maltese, lo sai?»

«No, non lo sapevo... Peccato.»

«Non è facile vivere qui Mariè. Ma non è facile neppure andarsene. Essere ruvida aiuta, almeno nel mestiere che faccio. E poi credi a me, meglio tosta che 'ngileppata nel vincotto come le cartellate che preparava mia nonna Dolò. Divoravi la prima, poi la seconda, ma dopo aver mangiato la terza ti saliva la nausea. No grazie Mariè, tu tieni la capa fresca e lo so che mi vuoi bene, io però sto bene come sto.»

«Come vuoi, ci ho provato. Mo' però non fare l'offesa e domani andiamo a comprare il regalo. Ci tengo, lo sai. E dàmm 'nu vàs, sciamm'.»

I panzerotti a Bari sono un rito collettivo. Un modo per rimettere insieme amici e familiari almeno un paio di volte l'anno. Perfetti per festeggiare vigilie, campionati, riappacificazioni, compleanni e ogni altro tipo di occasioni. Nella versione tradizionale con pomodoro, capperi e mozzarella, o in tutte le varianti previste: alla carne, alle rape, alle cipolle o alla ricotta squann', una cosa è certa, mettono tutti d'accordo. Perché davanti a un paio di chili di panzerotti da impastare, stendere, riempire e friggere, non si litiga, non c'è il tempo. Ci si organizza, piuttosto. Perché un panzerotto è un'opera d'arte, quasi una poesia. E in quanto tale, va meritato. La consuetudine secolare sancisce che tutti gli invitati alla panzerottata collaborino alla riuscita della stessa. E più le famiglie sono tentacolari, meglio è. Con la nonna che impasta, la zia che stende, la figlia che riempie, i nipotini che con la rotella sigillano la pasta torno torno, il nonno che frigge, il cognato che apre le birre. E tutti che mangiano almeno tre panzerotti a testa. Dipende dalla misura.

E pure a casa di Carmela, stasera c'è una bella atmosfera. Una volta tanto, niente tensioni, menomale. Mia madre impasta insieme a zia Chechella, zio Ciccillo apre i buatti dell'olio e mia sorella condisce la mozzarella intanto che il ragioniere e i bambini mettono in tavola. Cosa strana, c'è pure Tonio, il mio ex cognato. Ed è una bella sorpresa, con lui e Carmela in tregua dopo una vita passata tra mazzate e ferri corti. Mi commuovo pensando che per una volta mia sorella è passata sopra al suo orgoglio per fare un regalo a me, sapendo che a Tonio voglio bene com'a un fratello e che ci tengo ad averlo in famiglia nelle occasioni importanti. Solo che presa dall'euforia esagero e sbaglio mossa quando chiedo a Carmela di Yolanda, la compagna di Tonio, e come mai stasera non c'è.

«Chi??? Non t'azzardare manco a nominarla in questa casa onesta! Nossignore, quella qui dentro non metterà mai piede. Che io con le malefemmine non voglio avere niente accheffare.» Ah be'.

Vorrei ricordarle che Tonio lo ha lasciato lei, e che la povera Yolanda è sopraggiunta dopo diversi anni a divorzio già concluso, ma non vale la pena, mia sorella su certi fatti non sente ragioni, si fa come dice lei e basta.

E vista la mala parata, è meglio se cambiamo argomento, dovessimo bruciare i panzerotti, dovessimo.

L'avvio delle indagini

I panzerotti di ieri stanno ancora sullo stomaco. Ciononostante ne ho spazzolato uno anche a colazione, quello portato apposta ieri da casa di mammà. Mi faccio male lo so, ma a certe cose non resisto. E stamattina per svegliarmi ci sono volute le cannonate. In più non posso presentarmi in ufficio con i capelli impestati di frittura, mannaggia. Mi tocca lavarli, fare la piega, mettere i bigodini e tutto il resto.

Con il risultato che tra tacchi e altro alle dieci sono ancora per strada.

I risultati dell'autopsia sono già sulla mia scrivania, come anche la comunicazione dei funerali fissati per domani alle sedici presso la Chiesa di San Giuseppe, la stessa nella quale Luca e Marinella in un altro destino si sarebbero sposati. Oggi posso riservare la giornata ad ascoltare i testimoni che ho fatto convocare. Ufficialmente è ancora un terribile incidente, ma i referti autoptici a firma del professor Introna parlano chiaro. Si tratta di omicidio. La notizia sarà resa pubblica dopo i funerali, momento topico per scrutare i comportamenti degli eventuali sospettati o per importanti rivelazioni.

I testimoni che mi preparo ad ascoltare sono quattro, due coppie baresi già sposate e amiche di Luca da diversi anni. A conti fatti l'unica al di fuori del gruppo, capitata nelle loro vite quasi per caso, era la piccola Marinella dai capelli biondi e il viso d'angelo, come si vede dalla foto pubblicata ieri dalla *Gazzetta del Mezzogiorno*.

Maurizio Damato sarà il primo a essere ascoltato. È appena arrivato e ho chiesto a Forte di trattenerlo per dieci minuti in sala d'attesa.

Ha trentadue anni, sposato da quasi un anno con tale Laura Porcelli. Anche lei sulla barca, ergo convocata. Aspetta nell'ufficio di Esposito di essere ricevuta dopo il marito.

Maurizio è un bel ragazzo, viso simpatico, fisico sportivo, dottore commercialista e collega di Luca. Da tre anni erano titolari di uno studio associato. Si conoscevano dai tempi dell'università, circa dodici anni, e stando al rapporto dettagliatissimo redatto da Esposito, erano molto legati. Vacanze insieme, calcetto il giovedì sera, molte passioni in comune, dalla Magica Bari alle immersioni.

Ha il viso tirato di chi ha dormito poco, o forse niente. Domando se ha bisogno di un caffè o altro. Rifiuta con un gesto della mano, poi mi ringrazia con un sorriso triste. Dev'essere atroce perdere un amico sotto i propri occhi, senza poter fare nulla. Dover ripensare vita e punti di riferimento senza di lui. Penso a Marietta, al nostro legame nato sui banchi dell'università. Non diamo mai troppa importanza all'amicizia, almeno fin che c'è.

«Mi racconti cosa accadde quel giorno, dottor Damato. Le sue impressioni, tutto quello che ricorda, anche cose alle quali fino ad ora non ha pensato. Persino i dettagli infinitesimali in certi casi possono aiutare a ottenere un quadro preciso di quello che è accaduto, o almeno a prevenire episodi simili.»

«Una tragedia incredibile, commissario. Conoscevo Luca da molti anni, e non riesco a farmene una ragione. Sono distrutto.»

«Certo, mi rendo conto. Procediamo con ordine. Cosa può essere accaduto, là sotto? Ha una sua idea in merito? Ci sono consulenti specializzati con i quali parlerò nelle prossime ore, oltre ai periti già nominati da entrambe le famiglie, ma poiché di immersioni mi intendo poco o niente, tutto ciò che mi racconterà sarà estremamente utile.»

«Farò il possibile, commissario. Sa, nel nostro gruppo di

amici siamo tutti appassionati di mare, di barche e di immersioni subacquee. Ci unisce questa passione comune e spesso organizziamo qualche escursione. Emilio Amatulli, l'altro amico che era con noi, è proprietario di una bellissima barca a vela e spesso siamo suoi ospiti. Di solito, il sabato e la domenica.»

«Sempre?»

«Quasi, tranne i mesi più freddi. Evitiamo il periodo tra dicembre e febbraio.»

«Continui. Come si svolgono queste uscite in mare?»

«Niente di particolare. Con un giro di telefonate o tramite una chat di gruppo su WhatsApp decidiamo il percorso, a volte verso sud, altre in direzione Trani o più lontano. In settimana provvediamo all'equipaggiamento e al rifornimento. Le ragazze si occupano del cibo. Di solito portano focaccia, salame, pomodori, frutta, qualche bottiglia di vino bianco. Si salpa all'ora di pranzo. Peschiamo un po' di ricci, qualche pescetto, programmiamo qualche immersione. Se decidiamo di andare lontano, non so Otranto oppure Vieste, o le Isole Tremiti, ci fermiamo a dormire in barca e il giorno dopo verso sera rientriamo a Bari. Al ritorno andiamo a casa di qualcuno di noi a preparare un ciambotto fatto col pescato, oppure appena sbarcati ci fermiamo per uno spaghetto in uno dei ristorantini vicino al porto.»

Il racconto di Maurizio sembra un film. Una di quelle commedie di amici tra mare e vacanze, dove non succede mai nulla di grave, se non la scoperta di un adulterio a coppie incrociate.

«E mi dica, frequentate sempre gli stessi posti? Mi riferisco alle località per la pesca subacquea e le immersioni o ai locali nei quali andate a mangiare.»

«Mi ci faccia pensare. Ecco, più o meno sì. Siamo piuttosto abitudinari ma abbiamo una passione per i relitti. In Puglia ce ne sono parecchi, e ogni tanto la mappa ufficiale viene aggiornata. Di conseguenza cambiano anche le nostre tabelle di marcia.»

«In che senso, viene aggiornata?»

«Sa commissario, quello della subacquea è un vero e proprio mondo. Esistono giornali specializzati, siti web e registri appositi da poter consultare. Offrono numerose informazioni che vanno dalla latitudine alla longitudine, alla profondità, allo stato del relitto, alla sua epoca e all'anno del ritrovamento, al tipo di interesse. Di solito sono suddivisi sulla base di continenti, nazioni e regioni.»

«Interessante. Non avevo idea di tutto questo.»

«Le piace il mare?»

«Moltissimo, ho sempre pensato sia il mio elemento naturale.»

Non amo rispondere a domande personali e neppure elargire dettagli della mia vita privata, ma in certi casi è necessario. E questo è uno di quelli, con Maurizio Damato arrivato nel mio ufficio quasi in stato di shock. Dopo una conversazione mantenuta sul filo della leggerezza, è quasi rilassato e molto più collaborativo. Spero serva a far luce sulla vicenda in tempi brevi.

«Be' guardi, di recente sono state individuate due navi medioevali, una a Cozze, l'altra a Otranto. Un invito a nozze per chi è appassionato come noi, che aggiorniamo la cartina geografica delle immersioni.»

«Ma guarda. A Cozze, dove? Sa, conosco il posto molto bene eppure questa notizia mi è sfuggita.»

«È piuttosto recente in effetti, ad ogni modo verso la zona sud del litorale. Poco prima del confine con Polignano. Complice l'acqua limpidissima, il relitto è perfettamente visibile a occhio nudo, anche perché si trova a pochi metri di profondità e dalla costa. Un vero spettacolo mi creda.»

«Mi incuriosisce molto. Sa una cosa? Mi iscriverei a un corso da sub solo per vedere quel relitto. Considero Cozze un luogo magico e questo particolare aggiunge ancora più fascino.»

«Guardi, se posso permettermi a questo proposito potrei consigliarle un paio di istruttori in gamba e magari io stesso farle da guida durante l'immersione. Ma non nell'immediato... Purtroppo credo che passeranno mesi prima che torni a immergermi.»

«La capisco, ad ogni modo non c'è fretta. Ricorda da quanto tempo Luca veniva in barca con voi?»

«Da molto tempo. Direi quattro o cinque anni almeno.»

«Solo o in compagnia?»

«Dipende. Con Marinella era una storia recente. In passato, a volte da solo, a volte con un'amica o con la fidanzata del momento. Cambiavano spesso, sa? Luca ha sempre avuto un grandissimo successo con le donne.»

Per la prima volta da quando è qui, Maurizio sorride. Ma solo per un attimo.

«Posso immaginare, dalle foto che ho esaminato era davvero un bel ragazzo. Mi racconti di Marinella. La conosceva bene?»

«Non benissimo, anche se abitava nello stesso stabile del nostro studio. Prima del legame con Luca la incontravo qualche volta in ascensore o per le scale. Sono stato felice quando Luca mi ha detto che si stavano frequentando, e ancora di più dopo qualche mese, quando mi ha annunciato che si sarebbero sposati. Luca era un po' lo scavezzacollo del nostro gruppo, be', sapere che stava capitolando ci faceva piacere, ecco.»

«Com'era stata accolta dagli altri amici?»

«Benissimo. Anche se era un po' timida, e non si era ancora amalgamata perfettamente. Tendeva un po' a stare appiccicata a Luca, ma era abbastanza normale. Non conosceva nessuno e poi il loro amore era così recente.»

«A lei piaceva?»

«Sì, senza riserve. Era una ragazza molto dolce, ma anche decisa, proprio quello che ci voleva per Luca.»

«Perché, lui com'era?»

«Mah, il tipico ragazzo barese di buona famiglia. Come me, come tanti di noi. Figlio unico, abbastanza viziato. Un guascone diciamo, di quelli incompatibili con matrimonio e figli eventuali, almeno così professava fino a un paio d'anni fa. L'incontro con quella ragazza lo aveva cambiato radicalmente.»

«Cioè?»

«Be', aveva deciso di sposarla. E parlava di volere almeno quattro bambini.»

«Caspita, un uomo coraggioso. Le risulta che Marinella facesse immersioni già da prima?»

«Sì, credo avesse un brevetto di primo e secondo livello. Era una grande appassionata di mare. Era iscritta a Greenpeace, a Legambiente, andava a pulire le spiagge... Studiava Biologia ambientale, ed era una sognatrice. Una di quelle che vogliono salvare il pianeta. E ci sarebbe riuscita se, se... ecco, se...»

La voce di Maurizio si incrina, gli impedisce di continuare. Esposito gli versa un po' d'acqua, io prendo degli appunti, gli chiedo se vuole fermarsi un attimo.

«Vada avanti commissario, mi scusi.»

«S'immagini. E mi dica, a proposito di immersioni rischiose, le vostre lo erano?»

«No, mi creda. Siamo abbastanza prudenti.»

«Prudenti, lei dice. Non si direbbe dai risultati. Oppure due vittime le paiono cosa da niente?»

«Ha ragione commissario, mi scusi. Intendevo dire di solito. Siamo abbastanza scrupolosi nelle procedure, davvero non so spiegare cosa sia accaduto.»

«È evidente che qualcosa non ha funzionato. Cerchiamo di capire cosa. Mi racconti la sua versione. Con precisione assoluta, la prego.»

«Ci provo. Dunque, sabato siamo partiti da Bari intorno alle tredici. Era una giornata bellissima, ha visto anche lei. Mare calmo, limpido, perfetto per le immersioni subacquee. La rotta prevista era in direzione sud. Al largo di Brindisi c'è un relitto molto particolare. I resti di un Comet, un velivolo inglese precipitato in mare nel 1955 con tutti i passeggeri a bordo e adagiato sul fondale ad appena diciassette metri di profondità. Un relitto perfettamente conservato. Dai finestrini s'intravede ancora la strumentazione di bordo. Gli appassionati del genere lo conoscono bene. Noi ci andiamo spesso, non so spiegare il perché, ma ha un fascino particolare, e poi ci sono colonie di pesci dai colori fantastici che lo abitano. Sembrano tropicali e fanno dimenticare tutto il resto. In estate il relitto è molto frequentato, gli istruttori dei diving spesso organizzano immersioni per i brevetti, ed è preferibile evitare. Questo invece è il periodo ideale. Luca ne aveva parlato a Marinella una sera che eravamo tutti insieme, la settimana scorsa mi pare. Lei era entusiasta, aveva espresso il desiderio di vederlo, e abbiamo programmato l'uscita di sabato.»

«E com'è andata?»

«Benissimo. Non abbiamo avuto nessun tipo di problema. Siamo rientrati in serata perché alcuni di noi avevano impegni, ma viste le previsioni ottime per il giorno dopo, ci siamo organizzati per uscire in barca anche domenica mattina.»

«Per andare dove?»

«Destinazione prevista, Barletta. Con il programma di attraccare al porto, pranzare lì e visitare una mostra sulla pittura impressionista. Poi rientrando, immergerci nei pressi del porto di Bari dove sul fondale giace la *Samuel J. Tilden,* una nave americana affondata durante la Seconda guerra mondiale.»

«Sì, conosco la storia. Come mai proprio lì?»

«Guardi, è un relitto affascinante oltre che molto misterioso.»

«Cos'ha di particolare?»

«Intanto le dimensioni insolite per un relitto così vicino a un porto. Circa 122 metri di lunghezza e oltre 7200 tonnellate di stazza. E poi reperti e parte del carico ancora presenti sul ponte. Cannoni, scarponi militari, ambulanze, cavi da traino. Oltre al fantastico ecosistema marino che orbita intorno a ogni relitto. Luca voleva mostrarlo a Marinella. Gliene aveva parlato sabato, al ritorno da Brindisi, e lei non vedeva l'ora.»

«Dunque, ricapitolando e attenendoci alle affermazioni da lei rilasciate, l'immersione alla *Tilden* è stata una loro proposta. Conferma? Tenga presente che l'ispettore sta verbalizzando ogni sua parola.»

«Sì, certo. Sono più che sicuro di quello che affermo.»

«Meglio così. Riguardo l'attrezzatura, come funziona, ognuno ha la sua?»

«In linea di massima sì, ma in barca c'è sempre qualcosa in più per le emergenze, o per qualche ospite.»

«Anche Marinella aveva un'attrezzatura personale?»

Il dubbio che si sia trattato di un tragico errore, cioè di uno scambio di persona, si insinua come una scheggia nei miei pensieri.

«No, lei no in effetti. O meglio non l'aveva con sé a Bari. Anzi, ho sentito Luca dire che nei prossimi giorni sarebbero andati a Otranto a prenderla o che ne avrebbero comprata una nuova.»

«Ah, ecco. E come faceva quando s'immergeva con voi? La prendeva in prestito? Come le ho detto non sono pratica della cosa e non si tratta di racchette da ping pong, da quello che posso capire.»

Maurizio sorride brevemente.

«Ha ragione. Le bombole sono standard ma per quanto riguarda muta, pinne, maschera, bisogna regolarsi in base al peso, all'altezza eccetera. Ci sono dei centri sportivi appositi, si chiamano diving center e si occupano di noleggio, manutenzione, vendita di attrezzature e tutto il resto.»

«Ho capito. E voi avete un diving dove vi recate solitamente, oppure lasciate al caso?»

«Commissario, mi scusi se la correggo, ma col mare niente deve essere lasciato al caso. È preferibile recarsi sempre nello stesso diving center e individuarne uno di fiducia per quando si è fuori zona.»

«E quindi?»

«Nel nostro caso siamo abbastanza fortunati perché come certamente saprà l'altra ragazza del gruppo, Daria Attanasio, ha un diving qui a Bari, uno dei più conosciuti. Ci serviamo lì praticamente da sempre.»

«Sì certo, ne siamo al corrente. Vero, ragazzi?»

Guardo i miei collaboratori con intenzione, ma da Esposito e Forte arriva solo un silenzio preoccupato. Uno guarda per aria, l'altro per terra. Mai che tenessero il coraggio di guardare ammè.

«Certo.»

Abbozzo, sorrido e fingo di essere già informata, ma dentro di me appiccio come un falò il giorno di san Giuseppe.

Perché le figure che mi fanno fare questi due incompetenti non si possono dire, che non si possono. Avevo detto e ridetto che volevo vita, morte e miracoli di tutti i partecipanti alla gita in barca, vittime comprese, e invece niente. 'Sti due disgraziati si scordano dettagli fondamentali. Ma mi sentono che mi sentono, appena finisco con Damato.

«... e mi dica, questo diving center è gestito personalmente dalla signora Attanasio?»

«No, lei è medico oculista, l'attività appartiene alla sua famiglia da un paio di generazioni e da molti anni è gestita da suo padre e da uno zio. Ad ogni modo Daria lì dentro ci è nata, è una brava istruttrice subacquea e nel tempo libero è spesso in negozio a dare una mano.»

«Anche quel giorno? Si occupò lei di caricare le bombole?»

«Guardi, su questo dettaglio temo di non poter essere preciso, però ecco, di solito se ne occupa lei. Ad ogni modo può chiedere maggiori ragguagli a Emilio, il proprietario della barca che ci ospitava, oppure alla stessa Daria. Non avranno difficoltà a fornire ogni tipo di informazione.»

«Mi pare possa bastare, la sua testimonianza è stata esaustiva ma potrei avere necessità di ascoltarla ancora. La invito a tenersi a disposizione in qualsiasi momento. Adesso può andare, tra qualche minuto ascolterò sua moglie. Condoglianze dottor Damato, so che nessuno ci pensa mai, ma il dolore che prova un vero amico non è inferiore a quello di un familiare. Ah, un'altra cosa. Domani ci sono i funerali, immagino che prenderà parte alla funzione.»

Maurizio tace, un nodo di commozione gli impedisce di parlare. Ma ci siamo compresi.

Non so come ho fatto a mantenere la calma negli ultimi quindici minuti, ma adesso sto come una belva e le mie urla mentre strapazzo Antonio Forte l'ispettore e Tonino Esposito l'assistente si sentono fino giù al portone. Mentre loro, candidi come angeli, palleggiano la responsabilità dall'uno all'altro, ipotizzando persino che è stata colpa mia, poiché ho omesso di barrare sulla scheda informativa la voce "Attività di famiglia e/o collaterali". Proprio loro che sanno perfettamente che richiedo pelo e contropelo di ogni persona iscritta nel registro degli informati sui fatti.

«Ah, quindi sarebbe colpa mia?! No, io voglio capire come cavolo si lavora in questa questura! Mi dovete spiegare!»

«Lolì, per piacere non ti innervosire. 'Na svista può succedere a tutti e qui capisci bene che non c'è dolo.»

A parlare è l'ispettore Forte, che per giustificarsi addirittura tira fuori termini giurisprudenziali, pur di non ammettere che sono due incompetenti e niente più, prima l'uno e poi l'altro.

«Antò, stàtt cìtt che è peggio. Espò, parla tu, sentiamo, cos'hai da dire a tua discolpa? Di solito esegui i compiti che ti assegno con molta accuratezza. Due mesi fa t'ho fatto avere l'encomio per quanto sei preciso. E mo', chett'è capitato?»

«Tenete ragione commissà, ma uno sbaglio può succedere a tutti. Dovete capire, io e l'ispettore ci siamo distratti un attimo.»

«Ah ecco, vi siete distratti. Motivo?»

«Mah... io veramente non... ecco noi... Il fatto è che...»

Esposito balbetta, non trova le parole. Una pena che non vi dico, fino a che Forte, con uno scatto d'orgoglio, decide di far luce sulla vicenda.

«Lolì, causa di forza maggiore. Ieri sera stava il Bari. È stato quello che ci ha fregati.»

«Come sarebbe *stava il Bari*?»

«Sì, ieri sera c'era una partita importantissima, Bari-Latina. Un sassolino nelle scarpe che ci dovevamo togliere dopo quei benedetti play-off. Te li ricordi i play-off, almeno? Be', dopo il lavoro, mentre tu mangiavi i panzerotti, io ed Esposito siamo andati allo stadio. Forse nella fretta e nell'euforia, qualche dettaglio ce lo siamo scordato. Ma non succederà più, stàtt tranguìll.»

«Ah ecco, ve ne siete andati allo stadio. E non succederà più, dite.»

«Sì, commissario. Promesso.»

«Voglio sperare, perché noi ci occupiamo di omicidi, non di giocare alle figurine. A proposito, che ha fatto il Bari?»

«Due a zero, commissà. Un partitone» risponde Esposito, ormai rianimato.

Mi calmo perché sono fatta così, accetto anche il caffè che mi offrono come calumet della pace, ma se me ne fanno un'altra, che me ne fanno, li mando a Oristano, che li mando.

Emmo' fammi ricominciare, che la signora Porcelli aspetta di là, e la giornata è lunga.

Laura Porcelli è una giovane signora dai capelli liscissimi, delicata e dolce. Piccolina di statura, sembra una svedese per quanto è pallida e bionda. Ha gli occhi azzurri arrossati dal pianto.

«Prego signora, si accomodi. Mi scuso per averla fatta attendere. Ho appena concluso con suo marito e ci siamo dilungati un po'.»

Sorride appena, è molto stanca. La voce s'incrina non appena comincia a parlare. Le verso subito dell'acqua, le porgo un fazzolettino di carta.

«Commissario, ci è accaduta una cosa terribile. Qualcosa che cambierà per sempre le nostre vite. Sono sconvolta. Non dormo da due giorni, non riesco a credere che sia tutto vero. Conoscevo Luca da sempre, abitavamo nello stesso quartiere. Abbiamo frequentato lo stesso liceo negli stessi anni, anche se in sezioni diverse, sono stata pure alunna di sua madre. Da quando ho conosciuto Maurizio, ci siamo legati ancora di più. Lui e mio marito sono molto amici e ritrovare Luca è stato un regalo della vita. Continuo a parlare al presente, mi scusi. Non sarà facile abituarsi all'assenza. Luca riempiva le nostre vite, le illuminava con la sua energia. Era il collante del nostro gruppo, l'elemento imprescindibile. Con lui inevitabilmente annega una parte di noi.»

La sofferenza di Laura è acuta, talmente amara che fa rabbrividire anche me. «Mi dispiace, quella che avete provato è un'esperienza che segna profondamente, mi rendo conto. Se non le arreca troppo dolore provi a raccontarmi che tipo era Luca, quali erano i suoi interessi, le cose che gli piacevano. Qualsiasi particolare ritenga degno di nota.»

«Guardi, che posso dire? Era un ragazzo d'oro. Pieno di vita, sempre allegro. Un amico sincero.»

«Difetti?»

«Nessuno, mi creda.»

«E Marinella?»

«Oh, anche lei... Una ragazza dolcissima, un vero angelo. Erano una coppia perfetta. Luca per lei aveva capitolato. Fino ad allora era stato uno di quelli che "io il matrimonio mai", per capirci. E adesso è tutto finito. Che dolore, Dio mio.»

«Signora Porcelli, lei è pratica di immersioni?»

«Sì certo, lo siamo tutti. Ho un brevetto di quarto livello.»

«Perfetto. Saprebbe dirmi cosa è successo? Sì è fatta un'idea? Cerchi di spiegare quanto più possibile cosa accadde quel giorno, la dinamica dell'immersione e quello che seguì, tenendo conto che dovrebbe essere più dettagliata possibile poiché di subacquea mi intendo pochissimo, e a questo punto temo di essere l'unica in tutta Bari.»

«Come vuole, commissario. O almeno, ci provo.»

La versione che Laura Porcelli mi fornisce è molto simile a quella di suo marito, non una sbavatura, ogni particolare combacia perfettamente. Sono casi nei quali o si dice la perfetta verità e non esistono margini di errore, oppure ci si è accordati in precedenza.

Si sono fatte quasi le due. Dalla finestra guardo il mare, la normalità dell'azzurro colpisce come un pugno allo stomaco. Come puoi, mi chiedo. Come puoi restare indifferente.

Il tempo di un panino e un caffè con Esposito e Forte, offro io stavolta, poi si riprende. Ma prima devo fare una scappata a Medicina legale.

Quando arrivo al Policlinico il professore sta uscendo. Lo intravedo tra gli alberi del vialetto di fronte all'Istituto, ma non fa caso a me. Lo rincorro per qualche metro, per quanto permettano le mie Louboutin tacco dodici, intendo, poi lo raggiungo.

«Professore Introna!»

Il professore si gira appena. «Oh perbacco, il commissario Lolita. Ti avevo scambiata per una studentessa, sai. Oggi è giorno di esami e sono in pausa, vado a prendere un caffè. Mi accompagni?»

«Con piacere.»

Non gli dico che l'ho appena preso. E che se ne prendo un altro stasera non dormirò. Non sta bene raccontare i fatti miei.

La caffetteria dell'ospedale è affollatissima ma molto efficiente. Fanno un espressino eccellente, solo che devi servirti da te. Così mentre io con una Chilly al mentolo presa dalla borsa ripulisco e disinfetto il tavolino di formica nell'angolino dai resti di uno snack selvaggio, il Prof porta i caffè e una polacca tagliata in due.

Alle polacche non resisto, anche se gli angoli della bocca resteranno appiccicosi fino a stasera.

«Allora Prof, novità sui fidanzatini?» domando, addentando la mia metà della brioche.

«Dipende Lolita. Facciamo una conversazione informale, o altro?»

«Uhm, visto il luogo, la polacca e i due caffè, direi informale. Ovvio però che valuterò quello che mi dirai e andrò avanti con le indagini, prima ancora di avere il referto ufficiale dell'autopsia.»

«Eh, diciamo che, conoscendoti, questo l'avevo intuito.»

Il Prof ride di gusto, poi risponde al telefono, mentre ripulisco il vestito dallo zucchero a velo caduto dal dolcetto.

«Ad ogni modo, in attesa di redigere il referto ufficiale, confermo tutto quello che ho detto ieri. Monossido di carbonio nella bombola e nei polmoni della ragazza. Per noi addetti ai lavori è stato sufficiente osservare il colorito. Troppo roseo, per essere un cadavere.»

«Ah, ecco. Non lo sapevo, ho poca esperienza in merito. E dimmi, visto che non sono pratica neanche di questo, come si fa a immettere del monossido in una bombola da sub? Si tratta di una procedura facile?»

«È una procedura abbastanza semplice per chi ha una certa competenza in materia. Inoltre è necessario un posto idoneo.»

«Del tipo?»

«Talvolta basta un luogo molto trafficato, o anche un motorino.»

«Un motorino? E per farci che?»

«È sufficiente tenere in moto uno scooter a qualche metro dall'aspiratore del compressore usato per ricaricare le bombole. L'aria si arricchisce di monossido quel tanto che basta a uccidere un sub immerso in profondità o a fargli perdere i sensi favorendo l'annegamento. Poi tutto dipende dalla concentrazione di CO, dalla profondità raggiunta e dai tempi di immersione.»

«Quindi potrebbe essere un vero e proprio omicidio premeditato» azzardo, convinta già di avere la soluzione tra le mani. Ma il Prof mi riporta sulla terra dopo tre secondi.

«Attenzione commissario, fermiamoci qui. Ti parlo in linea generale, posso solo avanzare un'ipotesi su come sia finito il monossido di carbonio nella bombola da sub indossata da Marinella Alvino, e nulla più. Tutto il resto è di tua competenza. Ci risentiamo tra qualche giorno per il referto completo.»

«Ti ringrazio, non sai quanto mi sei stato utile. E perdona i miei voli pindarici, sono fatta così. Adesso vado, tu hai gli esami e io gli interrogatori. E più o meno le due cose si assomigliano.»

«Ma tu almeno non devi assegnare dei voti. Ciao Lolita, buon lavoro.»

«Grazie Prof, anche per il caffè, la brioche e tutto il resto. Mi costerà mezzo chilo, ma va bene così.»

Mi tocca tornare a piedi in questura per smaltire gli zuccheri in eccesso, sbuffando e gastemando per via del calletto mio che non sopporta le Louboutin. Ma vedremo chi la vince.

In questura i testimoni sono in attesa di essere ascoltati, Esposito è pronto a verbalizzare e Antonio mi avvisa che il questore ha bisogno di vedermi con una certa urgenza, per un'informativa riguardante l'omicidio di un boss avvenuto un paio di mesi fa in un paese del Nord barese. Mi segno un appunto ma adesso non è cosa, il questore deve aspettare pure lui. Al momento il caso Alvino – Di Dio ha precedenza su tutto.

Emilio Amatulli, trentatré anni, giovane e solido imprenditore del ramo navale, ma con partecipazioni in molte società, da quelle immobiliari allo smaltimento rifiuti, fa parte del generone barese da più di tre generazioni. Uno di quelli definiti dai più *barese barese*, con manco una goccia di provincia nelle vene a contaminarne l'appartenenza. Sono quelli che qui qualcuno chiama i "moccammè cce so' drìtt". I più furbi del quartiere, insomma. Se non bastasse, uno così lo riconosci anche a New York, mentre passeggia sulla Fifth Avenue con la luce barese negli occhi, la panza ostentata, i capelli un po' lunghi, il Rolex d'oro al polso, e l'abbigliamento firmato dalla testa ai piedi, mutande comprese. E ovviamente il Carrera nero metallizzato parcheggiato in doppia fila. Uno di quelli per cui i soldi fanno la felicità, e non si discute.

A prima vista non m'è simpatico per niente, ma questo non vuol dire. Non mi lascio mai influenzare dalle apparenze. Amatulli non è un semplice testimone: questa mattina ha ricevuto un avviso di garanzia da parte della procura poiché la barca che ospitava le vittime e l'attrezzatura subacquea indossata da Marinella al momento della morte risultano essere di sua proprietà.

La *Pepenero*, un meraviglioso due alberi a vela, è ancorata al Circolo nautico Stella del mare, prestigiosissimo ed esclusivo club privato della Bari da bere rimasta ferma all'edonismo reaganiano degli anni Ottanta. Il gruppetto si è mosso da lì.

«Mi racconti di Luca» chiedo, saltando i preamboli. «Tutto quello che sa, o che le viene in mente.»

«Luca è morto per una fatalità» obietta lui un po' seccato,

«non capisco a cosa serve tutto questo. Un avviso di garanzia e un'indagine della Omicidi, addirittura.»

Il modo peggiore per cominciare.

«Questo lo lasci decidere a noi signor Amatulli, conosciamo il nostro lavoro meglio di lei, le assicuro. Per questo le chiedo di collaborare il più possibile. A sua tutela, mi creda.»

«Ha ragione commissario, mi scusi. Il fatto è che sono molto teso. La morte di Luca mi ha sconvolto la vita.»

«È comprensibile. Dimentica però che nello stesso incidente è morta anche una ragazza di appena vent'anni, Alvino Marinella. Fidanzata e prossima sposa del suo amico Luca Di Dio. Come mai non ne fa alcun cenno?»

«No no guardi, non dimentico niente, solo che Marinella per me era quasi un'estranea, l'avrò vista quindici o venti volte in tutto. E poi era timidissima, silenziosa. Molto più piccola di noi, forse per questo non si era ancora integrata perfettamente. Interessata solo a Luca e al suo mare. Non c'è stato il tempo di costruire un legame emotivo, avremo scambiato in tutto cento parole. Sa commissario, noi uomini siamo diversi dalle donne. Superata l'età nella quale è sufficiente un Super Santos a fare amicizia, abbiamo difficoltà ad ambientarci. Per voi è più facile, avete diplomazia da vendere, vi baciate e abbracciate come se aveste un legame di sangue e magari vi siete appena conosciute. Luca era un amico, un fratello. La vita mia stessa. Lo conoscevo da sempre. Se posso essere sincero, so già che dimenticherò Marinella nel giro di qualche mese, anzi eviterò di pensare alla sua morte, ma con Luca no, come faccio? Luca era parte di me. Impossibile dimenticarlo. Non mi giudichi male per questo, la prego.»

«Stia tranquillo signor Amatulli, conduco le indagini sulla base dei fatti, non delle impressioni. E solitamente evito di giudicare chicchessia. La verità non è mai come appare, è semmai un'immagine che rimbalza in un gioco di specchi.»

Emilio racconta che conosceva Luca da moltissimi anni, erano bambini addirittura quando frequentavano lo stesso centro sportivo di canottaggio. Dopo il liceo Luca era andato a studiare Economia alla Bocconi, Emilio invece si era laureato in Giurisprudenza alla facoltà di Bari. Si erano persi di vista per qualche anno, ma poi al suo ritorno in città si erano ritrovati attraverso Maurizio, amico di entrambi. Il vecchio amore per il mare aveva fatto il resto, e rinsaldato l'amicizia infantile.

Emilio guarda verso la finestra aperta. Cerca il mare, amato, odiato. Il mal di Levante colpisce anche lui e non l'avresti detto mai. Lo osservo meglio, nella luce metafisica del pomeriggio barese. È spavaldo, abbronzato. La catena d'oro con crocifisso riluccica dalla camicia nera sbottonata, sul petto depilato alla perfezione. Pure meglio delle mie gambe, credo.

Chiede di poter fumare, e poi un caffè. Esito un attimo, concesso, dai.

Io e Forte ci guardiamo negli occhi, pensiamo la stessa cosa.

Durante la ricostruzione dell'accaduto Amatulli scoppia a piangere.

Il senso di colpa, ammette, lo sta distruggendo, la barca che li aveva accompagnati per l'ultima fatale immersione è la sua.

«La metterò in vendita» dice tra le lacrime. «Lì sopra non ci torno più. Non senza Luca.»

Gli ricordo che l'imbarcazione al momento è sotto sequestro e chiedo di proseguire con il racconto circostanziato dell'accaduto.

«Ci siamo immersi prima io e Daria, poi Maurizio e Laura; per ultimi, verso le sedici, si sono immersi Luca e Marinella.»

«Come mai per ultimi?»

«Perché avevano fatto un'immersione in basso fondale, il giorno prima. E necessitavano di un minore tempo di decompressione durante la risalita. E perché noi conoscendo bene il relitto abbiamo fatto un'immersione veloce. Per Marinella invece era la prima volta, era affascinata dalla storia della *Tilden*, dalla possibile presenza dell'iprite a bordo. Anche se è solo una leggenda. Sedotta inevitabilmente dal pericolo. Sa commissario, i sub sono attratti anche dal rischio, seppure in maniera inconscia. Lei e Luca sono scesi insieme, sembrava tutto tranquillo, il mare era una tavola, non c'erano altre imbarcazioni nelle vicinanze, né boe che segnalavano la presenza di altri sommozzatori. Deve credermi commissario, sembrava un pomeriggio perfetto, non c'era nulla che lasciasse presagire quello che è accaduto poco dopo.»

«Voi altri cosa facevate in barca mentre Luca e Marinella erano in acqua?»

«Le solite cose, controllavamo le bolle in risalita e nel frattempo eseguivamo piccole manutenzioni. Io chiacchieravo con Maurizio, Laura stava telefonando a un'amica e Daria sfogliava una rivista. È stata lei la prima ad accorgersi che Marinella era risalita a pallone.»

«Cioè, si spieghi meglio. Non sono pratica della terminologia.»

«Sì, mi scusi. In gergo significa che era schizzata in superficie. Galleggiava, non aveva la maschera e sembrava priva di sensi. Ha dato l'allarme, io e Maurizio ci siamo tuffati immediatamente. L'abbiamo riportata in barca, non senza difficoltà, e abbiamo prestato un primo soccorso. Sa, si fanno dei corsi appositi per avere i brevetti e poi Daria è un medico. Ha eseguito alcune manovre di rianimazione ma senza alcun risultato. A quel punto, vista la gravità della situazione abbiamo chiamato il 118 e ci siamo diretti verso il porto. Al telefono l'operatore ci ha raccomandato di restare calmi e ci ha assicurato che avremmo trovato un'ambulanza ad attenderci sul molo.»

«E Luca? Non avete pensato di aspettarlo?»

«No commissario, anche se non è questa la procedura. Ma siamo stati presi dal panico e non abbiamo pensato a lui, anche perché Marinella aveva il Gav, il giubbotto ad assetto variabile, gonfio per accelerare la risalita, e non indossava più la cintura con la zavorra. Io stesso ho pensato che Luca, vedendola in difficoltà, l'avesse rimandata su non rendendosi conto della gravità della cosa. Ecco perché abbiamo attaccato un canottino alla boa e siamo ripartiti. Luca avrebbe capito e ci avrebbe aspettati o raggiunti al pontile. O meglio, era quello che ingenuamente speravamo.»

«E invece?»

«Invece tornando al molo ci siamo resi conto che Marinella era già morta. A terra ci attendeva l'ambulanza con una dottoressa, e dopo pochi minuti la stessa ci ha confermato che per Marinella non c'era più nulla da fare. Era morta prima che la riportassimo sulla barca, probabilmente. Per noi è stato un momento terribile, un vero shock, anche perché Marinella era di Otranto e non conoscevamo la sua famiglia. Non sapevamo neppure come avvisare i familiari, non avevamo numeri di telefono o indirizzi. Sono stati gli operatori del 118 ad avvertire polizia e carabinieri affinché li rintracciassero.»

«E dopo, cosa è accaduto?»

«Le ragazze sono rimaste a terra mentre io e Maurizio, insieme a un operatore sanitario, siamo saliti su una lancia della polizia portuale e tornati alla boa per riprendere Luca. Solo che sul canottino non c'era nessuno. A quel punto abbiamo cominciato a pensare al peggio, ma non immaginavamo quanto peggio ci aspettava, ancora adesso nessuno di noi sa cosa sia accaduto lì sotto. Forse l'autopsia servirà a chiarire qualcosa.»

«Sì certo, l'autopsia. Speriamo di venirne a capo in fretta. Mi rendo conto di quanto siano terribili questi giorni per tutti voi, anche per l'incertezza della dinamica. Inutile dirle che mi dispiace moltissimo. Se vuole può andare, devo parlare con sua moglie adesso. O può attenderla nella stanza accanto, come preferisce.»

«Grazie, sì. Solo una precisazione, commissario. Daria è la mia compagna. Sono separato da cinque anni, e da due convivo con lei. Non cambia niente ovvio, è solo per essere precisi.»

«S'immagini. Lo stato civile è ininfluente in questi casi.»

«Comunque l'aspetto, grazie. Siamo venuti insieme.»

«Prego, il mio assistente le indicherà dove può attenderla.»

Daria Attanasio, ventotto anni, medico oculista. Molto bella, anzi bellissima. Bruna, carnagione olivastra, fisico asciutto e sinuoso. Piccola di statura e perfettamente proporzionata, sembra più giovane della sua età, anche se il viso è quello di una donna vissuta. Di una che sa il fatto suo. Porta i capelli raccolti con un elastico, indossa un paio di Hogan bianche, jeans aderenti, una t-shirt bianca con sopra un maglioncino blu e una sciarpa leggera di cachemire color polvere girata due volte intorno al collo. Piuttosto coperta per un settembre con temperature di poco sotto i trenta gradi, ma il dolore congela il sangue, lo so per esperienza.

La osservo dalla porta semiaperta del mio ufficio mentre rispondo a una telefonata di Marietta. Ha fatto lite con Nicola, non parla con Filippo da tre giorni e risente di una situazione complicata in ufficio. Risultato? Vorrebbe andare fuori a cena per distrarsi/sfogarsi/avere un consiglio. Prometto di richiamarla tra un paio d'ore, provo a organizzarmi e poi si vedrà. Che pure io c'ho cose mie d'ufficio, mica solo lei.

Scortata da Esposito e Forte già sedotti dal suo fascino magnetico, la dottoressa Attanasio fa il suo ingresso nel mio ufficio. La stanza si riempie di un profumo a me familiare, piuttosto insolito per una donna. Lo riconosco immediatamente, Eau Sauvage di Christian Dior, una fragranza che ha segnato un'epoca. Da oltre trent'anni il profumo più venduto nel mondo. Ogni volta che lo sento mi provoca un languore. È da sempre il profumo di Stefano, l'odore del mio primo amore, e aspirare le note legnose che da Daria attraversano la scrivania fino a me, mi emoziona ancora adesso.

La giovane donna che siede davanti a me accavallando le gambe con eleganza, è apparentemente calma, ma continua a rosicchiarsi le unghie. Ha lo sguardo vitreo in contrasto con la mascella indurita. Non è facile veder morire due amici purtroppo. Ma io ho poco tempo per i convenevoli e devo cercare di capire alcuni aspetti essenziali.

«La dottoressa Attanasio, immagino.»

«Sì.»

«Commissario Lobosco, buongiorno.»

Le domande preliminari seguono la struttura utilizzata per

gli interrogatori precedenti, informazioni generiche prima di passare ai dettagli della tragedia.

«Dottoressa Attanasio, in base alle testimonianze raccolte dagli altri soggetti presenti sulla barca, risulta che era sempre lei a occuparsi delle attrezzature subacquee e della loro manutenzione. Anche quel giorno ci risulta che le cose si siano svolte come d'abitudine. Conferma?»

«Guardi, in realtà non è del tutto esatto. Il diving center del quale le hanno parlato è di mio padre, io vado a dare una mano solo ogni tanto. Naturalmente sono esperta di immersioni e di tutto quel che concerne la subacquea. Sono anche istruttrice, ho diversi brevetti, ma tengo i corsi solo in estate, durante il periodo delle ferie. La mia professione di medico mi assorbe moltissimo. Però è vero che per quanto riguarda la *Pepenero* di solito mi occupo io di provvedere a ricaricare le bombole e alla manutenzione delle attrezzature.»

«Di solito. E quando non se ne occupa lei?»

«Lo fa il mio compagno. Ma più di frequente lo facciamo insieme, dopo essere sbarcati, prima di rientrare a casa. Sono attrezzature delicate e molto costose. Evitiamo di lasciarle in macchina o sulla barca.»

«Anche sabato?»

«Anche sabato, sì.»

«Capisco. Al diving chi si occupa delle ricariche?»

«Dipende. Mio padre a volte, mio zio, due addetti che ci lavorano, oppure io stessa. Gliel'ho detto, dipende.»

«Da cosa? Ho bisogno che sia il più precisa possibile.»

«Dipende dal periodo, dall'affollamento, dall'orario.»

«È possibile risalire alla persona che ha effettuato la ricarica di una bombola?»

«Lo escludo. Non esiste un registro, la legge non lo richiede. Tra l'altro il nostro centro è molto frequentato, nel weekend si effettuano centinaia di ricariche, non c'è neppure il tempo di respirare, a volte.»

«Capisco. Ricorda chi ha effettuato le ricariche per la gita di domenica? Lei per caso?»

«No, io no. Domenica mattina era già tutto pronto, bisognava solo ritirare le attrezzature.»

«E chi ha effettuato il ritiro?»

«Io ed Emilio, prima di andare in barca. Come d'abitudine.»

«Per quanto riguarda Marinella, come vi siete regolati? Mi risulta non avesse un'attrezzatura propria.»

«In effetti sì, abbiamo fatto come al solito, facendo caricare un paio di bombole in più. Sono quelle che teniamo in barca per qualche ospite. Luca, prima di Marinella, aveva l'abitudine di portare altre ragazze.»

«Fidanzate?»

«Amiche, direi. Almeno, lui le presentava così.»

«Lei si è recata al diving durante la settimana, o solo sabato e domenica per ritirare tutto?»

«Guardi non ricordo, ho avuto una settimana intensa ma non lo escludo. A volte passo un attimo per un saluto veloce. Di certo, ci sono stata con Emilio sabato mattina, sabato sera per consegnare tutto e domenica mattina per ritirare ogni cosa prima della partenza. Resta il fatto che essendo l'attività della mia famiglia ci vado molto spesso, e non riesco a tenere a mente giorni e orari precisi. Perché mi fa tutte queste domande, commissario? Sono a disagio.»

«Non deve, si tratta della procedura solita per le persone informate sui fatti e i testimoni. Inoltre, tenga presente che conoscendo poco l'argomento della subacquea cerco di saperne di più da chi come lei ha esperienza in materia. Tra l'altro le confido che non mi dispiacerebbe prendere un brevetto. Infine, ma è la cosa più importante, ci sono due cadaveri all'obitorio, non lo dimentichi. È mio dovere cercare di capire ogni passaggio.»

«Certo. Mi scusi, commissario. Siamo tutti sotto pressione in questi giorni. È come se un treno ci avesse travolto ma sono disponibile a fornirle qualsiasi informazione le serva. Anche per il brevetto.»

«Grazie. Senta, se volessi dare un'occhiata al diving, mi ci porterebbe?»

«Certo, anche subito se vuole.»

«Ottimo. Ha una macchina? Perché non so se ho la mia a disposizione.»

«No, sono venuta con Emilio in motorino. Se mi dà qualche minuto, ripasso a prenderla.»

«Uhm, meglio di no, ho appena fatto la messimpiega. Un'altra volta, magari l'avverto il giorno prima.»

«Come vuole, l'aspetto.»

Marietta

Quattro interrogatori, un incontro con il medico legale, uno con il questore, tre telefonate con il sostituto procuratore che sta seguendo il caso.

Il termometro segna 29 gradi, sono le diciannove e trenta, e per oggi può bastare. Anche perché domani mi aspettano due sopralluoghi, un funerale e chissà cos'altro. Per il momento mi tocca rimandare le ferie a data da destinarsi, almeno fino a quando quello che a tutti gli effetti si configura come un duplice omicidio resterà sospeso a sporcare ancor di più il verdeazzurro pugliese. Come se non bastassero i tanti migranti morti e dimenticati e tutti quelli che continuano ancora a sbarcare e a morire in queste acque, sulle nostre coste, nell'indifferenza nazionale e dell'Europa.

Migliaia di vite umane speranzose di essere accolte in una Puglia che ormai da un quarto di secolo è diventata la nuova Terra Promessa, gettate in mare senza pietà dagli scafisti.

Per dimenticare i guai almeno per una sera, richiamo Marietta. Perché ha ragione lei, è la serata giusta per andarcene da qualche parte agghindate, truccate e scappottate come Thelma & Louise. E non fa niente che non ce l'ho il fidanzato, ma mi metto in tiro lo stesso. Minigonna, top scollato, scarpe con un tacco da paura, cabriolet, chiodo, capello mosso e pure il rossetto. Marietta, anche lei ci ha messo del suo, e con l'abitino corto di pizzo nero sta una meraviglia. E menomale che ce ne andiamo a Trani, dove non siamo nessuno, né lei procuratore capo, né io commissario della Omicidi, così non diamo di che parlare. In un ristorante nei pressi del porto ci fermiamo a mangiare un risottino delicato, con il gusto e il colore delle melagrane. Mentre l'orchestrina suona *Nel blu dipinto di blu* e l'indiano con il turbante rosso rubino viene tre volte a offrire le rose.

Marietta sta un po' giù di tono nonostante la caraffa di vino dolce che ci siamo scolate un calice alla volta, l'esaltazione della promozione è già sfumata e l'ambiente della procura barese non è tutto rose e fiori. Piuttosto miasmi e veleni dai quali non è facile astrarsi, se lì dentro sei il capo. Un capo femmina, per giunta. Lei poi è una che certi errori li fa, a volte gioca alla diva, subisce la fascinazione dell'esposizione mediatica, non manca un convegno né una prima a teatro, abusa delle conferenze stampa, vuole coordinare ogni cosa, petrosino in ogni minestra, come diceva mia nonna Dolò. Crede di stare ancora alla procura di Trani, crede. Spettacolare ma piccola. E non sa che Bari è diversa, che per certi aspetti è una città feroce. Senza ironia e senza malinconia.

Io cerco di proteggerla come posso, di consigliarla nel modo migliore dato che per certe cose ho più esperienza di lei, più fiuto. Perché a Bari sono nata e perché ci sono già passata. E poi seguo la traccia del basso profilo, e solitamente con quella non sbagli mai. Invece lei non mi ascolta, è più cocciuta di un ciuccio di Martina Franca, e fa sempre di testa sua. E pure co' Nicolamio in questo momento ci stanno un sacco di problemi.

«E quindi?» chiedo, mentre guardo la luna specchiarsi tra le barche del porto e lei si asciuga una lacrimuccia.

«... e quindi mi ha dato un mese di tempo per separarmi da Filippo. Dice che così non si va avanti più. Da quando i figli vivono altrove, con la moglie è una guerra quotidiana, ormai condividono solo un numero civico, tutto il resto è finito da un pezzo. Non si sopportano più. A giorni lui sta per trasferirsi nella villa di Torre a Mare.»

«E ti ha chiesto di andare con lui?»

«Sì, e non solo. Mi ha dato l'ultimatum. Trenta giorni per

decidere dentro o fuori. Dice che è stanco di fare la doppia vita, che ormai sono cinque anni che andiamo avanti così e rischia di diventare schizofrenico. E poi sostiene che da quando faccio il procuratore capo sono più distante, lo trascuro e non ne può più. Si sente depotenziato sul lavoro. Sostiene di aver perso credibilità, anche perché sai bene che in procura la nostra relazione è nota ai più.»

«La credibilità, dice lui! Secondo me non l'ha mai avuta. Però a parte questo, che posso dire? Sono sorpresa. Da Nicola non me lo sarei aspettato. L'ho sempre giudicato un po' pecorone, il solito cazzaro barese che tiene la moglie, poi si fa l'amante, e tira a campare magari per sempre. Di solito sono le donne che dopo qualche mese di sotterfugio pretendono scelte lineari, ufficialità. Ma non è più tempo di luoghi comuni, la società si evolve, naturalmente in positivo. Cosa pensi di fare?»

«Lolì, fai certe domande... Cosa posso fare secondo te? Mica posso lasciare Filippo! Chi se la sente mia madre? E i bambini? No no, non me la sento. Non amo le scelte radicali, lo sai.»

«E allora lascia Nicola, scusa. Mi pare la scelta più onesta.»

«Lasciarlo? Sei pazza, io senza Nicolamio non posso stare.»

«Mariè, e di che parliamo allora?»

«Ma che ne so, credo che la società sia indietro di millenni.»

«Dici tu.»

«Certo. Non capisco perché, se sto bene con Filippo e i bambini ma amo Nicola, non possiamo vivere tutti insieme. Non vedo il problema. A chi diamo fastidio?»

«Alle parti in causa, probabilmente. E alla legge, con certezza assoluta. La bigamia, o cose simili, sono proibite qui in Italia. Lo hai dimenticato, temo. Eppure la giurisprudenza è il tuo pane quotidiano. E poi non consideri lo stress di un rapporto così? Dover sopportare due diversi filoni di lamentele, due ansie da prestazione, due sindromi depressive o narcisistiche che siano. Ti rendi conto, sorella mia? Chi te lo fa fare?»

«Ma che dici? Ma quale bigamia, Lolì? Tu non capisci...

Che vuol dire "sopportare"? Io parlo di amore, di prendermi cura di quelli che amo, di non lasciare nessuno da solo. Tantomeno Filippo, che soffrirebbe da morire se me ne andassi a vivere altrove con i bambini.»

«A te quel libro che hai letto sul poliamore t'ha dato alla testa.»

«Tu dici? Io parlo di futuro, se vuoi saperlo. Quel libro dovresti leggerlo anche tu, impareresti un sacco di cose. E poi oggi come oggi neppure la fedeltà coniugale è più prevista dal codice. Aggiornati, bella mia.»

«Sì, imparerei come tenere tre piedi in una scarpa. No grazie, non mi servono 'ste teorie, mi voglio innamorare e basta. Di una persona sola, e che sia per tutta la vita.»

«Certe volte mi chiedo come facciamo a essere amiche con tutte 'ste differenze. Lolì, qui si tratta di accettare i diversi gradi del sentimento. Se un marito non lo amiamo più ma continuiamo a volergli bene, e ad andarci d'accordo, perché armare una guerra, separarci e non poter vivere tutti insieme, anche se con ruoli diversi? Avanti, spiegamelo!»

«Senti Mariè, questa doveva essere la festa del mio compleanno e tu mi stai ammorbando con i tuoi problemi etici ed esistenziali. Fai quello che vuoi, che ti devo dire. Pensa un poco ai bambini ogni tanto, non solo a te.»

«Ma è proprio ai bambini che penso! Perché devo allontanarli in qualche modo dal padre, solo perché per me è ormai come un fratello e voglio vivere con Nicola? E perché devo privare Filippo della quotidianità con i figli solo perché Nicola impone delle scelte? Non è giusto, Lolì. Io voglio tenere tutti insieme, allargare la famiglia, accudire tutti come ho sempre fatto. Se venissi anche tu a vivere con noi, per esempio, sarei felicissima.»

«Certo, così magari mi metto con Filippo e ti risolvo il problema. E comunque a casa tua, chi accudisce tutti, cucina lava e stira, è tua madre, non te lo scordare. Ci credo che così è facile allargare...»

«Certo che sei ingiusta Lolì, altro che amica! Però ci ho

pensato a te e Filippo, sai? Secondo me sareste perfetti insieme.»

«Finiscila. Ci hai pensato al fatto che, se Filippo iniziasse una nuova relazione, potrebbe desiderare di inserire altre persone nel ménage? Chenesò, una nuova compagna, figli di lei, figli eventuali?»

«Embè, non vedo il problema. Bisognerebbe solo cercare una casa più grande.»

«Ah, ecco. Basta quello, dici tu. Allarghiamo il condominio e finisce lì. Guarda, se proprio ci tieni a conservarli entrambi, convinci Nicola a farsi due conti, e a lasciare le cose così come sono. Godetevi la straconiugale come avete fatto finora, e chi s'è visto s'è visto.»

«Dici tu. Ti ho detto che Nicola s'è stancato.»

«Senti Mariè, sono fatti vostri ed è quasi mezzanotte. Adesso per piacere chiedi il conto, che m'è venuto il mal di testa, m'è venuto.»

«Quante storie fai per un consiglio.»

«Parliamo d'altro, per piacere.»

«Come vuoi. Ah senti. Ti ho fatto un regalo.»

«Ma no, non era il caso.»

«Invece sì. Un regalo per te e uno per me. L'iscrizione a un corso di burlesque.»

«Bu... chè??»

«Lascia perdere, sei fuori dal mondo. Sedici lezioni per imparare a sedurre con allegria.»

«Come sarebbe a dire, per imparare a sedurre? Che si fa in queste lezioni? Uhm, non mi convince.»

«Aspè che tengo il volantino nella borsa, non ti agitare. Mo' ti dico. Dunque, prima lezione: camminate e pose da showgirl. Espressioni e gestualità di seduzione.»

«Nientemeno. E poi?»

«Peeling e teasing con i guanti, il boa e il vestito.»

«In che senso, il boa? Ci stanno i serpenti pure?»

«Ma che serpenti, Lolì! Il boa di struzzo, quello con le piume. Hai presente le sciantose? Ecco, così.»

«Uhm sì, più o meno. Vai avanti, che altro si fa?»

«Terza lezione, e qui viene il bello: la figura della pin-up. Camminate, pose, espressioni e stile. Quarta lezione: tecniche di spogliarello di vari capi di abbigliamento e lingerie.»

«Vabbè, noi questa la saltiamo?»

«Stai scherzando? È la parte migliore. Quinta lezione: burlesque striptease e chair dance, ovverossia la sedia come elemento scenico.»

«Mariè, attè la sedia te la darò in testa se non la finisci di fare la matta! Non lo so, a me 'sto corso non mi convince. Spogliarello, il boa di pitone...»

«... no no, che pitone. Di struzzo.»

«Vabbè, quello che è. La lingerie... Mi pare piuttosto un corso da zoccole. Non te lo scordare chi siamo. E che niente niente ci troviamo le foto mezze nude sul giornale o peggio ancora su Facebook.»

«Lolì, quanto sei pesante! E poi non confondere le cose com'è il tuo solito. Quali zoccole, questa è una specie di scuola di cabaret, mica ti sto portando a un corso per fare la escort. Qui si studia pure psicologia, ti insegnano l'autostima. A truccarti, a camminare. A migliorare la postura. A una collega mia è passato pure il mal di schiena.»

«Figurati.»

«Ti giuro. E poi lo so bene chi siamo. A me, come pure a te, il ruolo che ricopro me l'hanno dato per merito e per concorso, mica perché so fare lo spogliarello. E il carico della responsabilità lo porto addosso notte e giorno, con il sovrappiù che sono femmina. Proprio per questo ogni tanto dobbiamo alleggerirci. Mica siamo bestie da soma! E poi che c'entra, noi il burlesque lo faremo nel tempo libero, non certo in orario d'ufficio.»

«Mah, speriamo che non passiamo un guaio. Forse dovremmo verificare il codice deontologico, prima.»

«Tranquilla, sistemo tutto io. E i miei colleghi che vanno a ballare il tango allora? Questo corso è proprio quello che fa per noi, fidati dell'amicatua. Cominciamo lunedì sera. Vengo a prenderti alle otto. Ti piacerà, vedrai.»

«E come si fa per il boa? Io mica ce l'ho.»

«Non ti preoccupare, ce lo danno a scuola insieme alla guêpière. Tutto compreso nel pacchetto.»

«Ah be'. Ci manca solo il frustino.»

«No no, ci sta pure quello.»

«Menomale. Almeno alla fine del corso ti posso menare.»

Marinella

Ogni mattina mi sveglio e guardo il mare, prim'ancora di prendere il caffè.

Nelle città senza mare chissà dove va la gente a far riposare i propri pensieri. Me lo sono sempre chiesto. Ma, dal giorno dell'incidente, ogni volta che mi affaccio al balcone o passo dal lungomare, mi sale l'angoscia. Vorrei qualcosa che mi riconciliasse con tutto quest'azzurro, che mi facesse scordare quel nero, quell'abisso profondo che ha inghiottito Marinella e poi Luca.

Oggi alle sedici sono previsti i funerali. Presso la Chiesa di San Giuseppe, quella col sagrato davanti al mare. Dopo la funzione religiosa, il feretro della ragazza proseguirà verso il Salento, Marinella tornerà per sempre nella sua Otranto. Dal mare era arrivata, e dal mare è stata portata via. Che brutta coincidenza, e com'è strana la vita.

Nulla accade per caso continua a frullarmi nella mente mentre conto i passi fino alla questura, è da un pezzo che ho smesso di credere alle coincidenze. Nel frattempo le mie indagini seguono una traccia sottile, una sensazione che finora non ho condiviso con nessuno, per pudore forse. O per il timore di sbagliare ancora, come accadde per il delitto Stramaglia. Penso a Lorenzo, a quanto mi piacerebbe raccontargli, confrontarmi con lui, con la sua esperienza nel risolvere i cold case. Magari lo chiamo. Forse più tardi, per un caffè. Adesso ci sono cose più urgenti.

Fino a tre giorni fa Marinella Alvino divideva un appartamento di cinque vani con tre studentesse fuorisede, al quarto piano di via Trento numero 17. Il portoncino, illuminato con luci a basso consumo, è dignitoso, nonostante l'odore di cavoli che ristagna nell'androne. I bidoncini per la differenziata sono allineati in bell'ordine, l'ascensore dev'essere appena stato rifatto, a giudicare da come luccica l'acciaio inox delle portelle. Come di solito avviene nelle città meridionali, le targhe degli studi professionali sono mischiate alle targhette delle case private.

L'interno 12 lo riconosci a colpo, è l'unico a non avere la porta blindata e ad avere molti cognomi sul campanello. Uno di quegli appartamenti dell'edilizia anni Sessanta dove non viene eseguita alcuna manutenzione da almeno vent'anni e che si fittano a nero agli studenti per evitare di cambiare la caldaia e rifare l'impianto elettrico a norma. Mi apre una ragazza bruna, ricciolina. È sufficiente un buongiorno sussurrato per riconoscere l'accento leccese, dolce e strascicato. I fiorentini del Sud, li chiama qualcuno. Mostro il tesserino, mi presento, chiedo di poter dare un'occhiata in giro, e nella stanza occupata da Marinella.

Sonia Caprarica, come dice di chiamarsi, ha un attimo di esitazione, controlla bene il tesserino e mi fa entrare. È ancora in pantofole e pigiama, sta studiando in cucina con il tazzone del latte davanti, ha un esame venerdì mattina e la media del trenta. È sola in casa, le altre due coinquiline sono all'università, ma più tardi hanno appuntamento nei pressi della chiesa per dare l'ultimo saluto alla loro piccola amica. Le chiedo di riprendere a studiare, la disturberò il meno possibile. Devo solo fare un giro dell'appartamento e un'ispezione sommaria in quella che era la camera di Marinella.

La vita degli studenti fuorisede è una vita binaria, ci sono ovunque tracce delle famiglie d'origine – lattine d'olio, conserve, borse termiche da svuotare nei freezer, confezioni giganti di Aulin e Tachipirina, fermenti lattici. E poi botte di vita, canne schiacciate nel piattino del caffè, le birre sul tavolo a prima mattina, i resti della pizza e del cibo cinese take-away. Oltre a stoviglie di almeno sei giorni ammonticchiate nel lavandino e bacinelle di plastica colorata piene di roba da lavare. Normalità, direi. Ci siamo passati in tanti.

La stanza di Marinella è la seconda a destra del corridoio. È dipinta d'azzurro, come un acquario. Ordinata e accogliente, arredata con mobili dell'Ikea. Il letto a una piazza e mezza, il pouf celeste, un plaid verde acqua, morbido come una nuvola. Alle pareti tante foto, appiccicate con le punes o con lo scotch. Luca e Marinella quasi sempre. In barca, in bici, sul letto, abbracciati, al mare, a Londra. E poi foto con le amiche, in famiglia, un vecchio compleanno, una scolaresca. Il biglietto di un concerto di Vasco Rossi, uno di Ligabue, una cartolina da Barcellona. Post-it colorati con dei numeri di telefono segnati con la penna rossa. Un invito di cartoncino verde per una festa di laurea. Un libro aperto sul comodino.

Lo apro, lo sfoglio. Conrad, *Cuore di tenebra*. Dentro è pieno di sottolineature e appunti. Scritti a matita, con un tratto sottile. Sorrido, il mare doveva piacerle proprio tanto.

Sul pouf ci sono i suoi jeans, una t-shirt bianca e un borsellino. Dentro, un ferretto, due monete da dieci centesimi, un balsamo per le labbra alla ciliegia, un fermaglio di Hello Kitty.

Sento il sapore delle mie lacrime, le trattengo. Accarezzo il fermaglio, eri solo una bambina, Dio mio. Mi sorprendo a pregare che sia stato un incidente, che solo il fato abbia colpa nella sua morte innocente. Vorrei che la mente umana non contemplasse simili atrocità.

Cerco freneticamente tra i libri, sulla sua scrivania, un indizio che possa aprire uno spiraglio. Ci sono i testi dell'università, facoltà di Biologia ambientale, indirizzo di Scienze marine. Tomi di Botanica marina, Algologia, Biochimica marina.

Apro i cassetti, gli armadi, è tutto in perfetto ordine. Però aspetta, qui c'è qualcosa di insolito. Nascosto all'interno dell'armadio a quattro ante e fissato al muro c'è un armadietto metallico da ufficio. Non una cassaforte vera e propria, ma un oggetto piuttosto strano nella stanza di una ragazza. È chiuso a chiave, accidenti. Dove saranno le chiavi? Cerco un po' dovunque ma senza risultato. Dove può averle messe? Dove le metterei io?

Ci sono le sue pantofoline, allineate ai piedi del letto. Dentro è appallottolato un calzino, lo tiro fuori. Dentro c'è una piccola chiave.

Apro l'armadietto, c'è un blocco di appunti chiuso in una cartellina. Ho un brivido lungo tutto il corpo mentre leggo il titolo, scritto in grassetto con un colore a spirito.

Mare nero

Nulla accade per caso. Di nuovo quel pensiero. Chissà perché questo titolo, forse un presentimento, o chissà cos'altro. Forse Marinella stava lavorando alla tesi di laurea, o a una ricerca importante. Ma perché tenere il manoscritto sottochiave? Senza starci troppo a pensare infilo il plico nella borsa e lo porto con me. Sì sì, lo so che non dovrei, che non ho l'autorizzazione e quello che faccio è illegale. Ma adesso non m'importa, a tutto il resto penserò domani. Do un'occhiata veloce al resto dell'appartamento. Un lungo corridoio con quattro camerette, il bagno in fondo. La cucina che affaccia nell'ingresso. Apro le camerette, una dopo l'altra. Disordine, letti sfatti, libri su scrivanie ingombre. L'ultima stanza ha le serrande abbassate, accendo la luce. È disabitata. Vuoti gli armadi, i cassetti, nessun oggetto personale in giro. Torno in cucina, chiedo informazioni a Sonia.

«La stanza è sfitta da poche settimane, prima ci abitava un'altra ragazza.»

«Chi era, e come mai è andata via?»

Sonia scrolla le spalle. «Si chiama Dominga Novoli, anche lei studia Biologia. Ha litigato con Marinella, è dovuta andar via.»

«Perché hanno litigato? E come mai ha lasciato l'appartamento?»

«Ecco, un mesetto fa c'è stato un piccolo furto, o forse solo un dispetto. Marinella stava raccogliendo materiale per un libro, un lavoro sul mare, credo. I suoi genitori hanno una casa editrice e lei voleva pubblicarlo, una volta finito. Ci teneva tantissimo, passava notti intere a scrivere e fare ricerche. Poi un giorno, è tornata dall'università e non l'ha più trovato. Io e Lorenza, l'altra coinquilina, eravamo a Londra, quindi non potevamo averlo preso noi. È successo il finimondo, Marinella ha accusato Dominga di averlo nascosto.»

«Perché avrebbe dovuto prenderlo?»

«Questo non lo so, però la sera prima c'era stata una discussione su una confezione di yogurt di Dominga che Marinella aveva mangiato senza chiederle il permesso. Quindi lei ha pensato a una vendetta e le ha dato due giorni di tempo per lasciare la stanza.»

«Come ha potuto? Avete un regolare contratto d'affitto, o cosa?»

«Sì certo, ma il contratto è stato stipulato dai genitori di Marinella per conto della figlia. Cioè, era stato. Noialtre eravamo sue subaffittuarie con delle scritture private a regolamentare il tutto. Adesso non so cosa accadrà, però. In teoria non potremmo più abitare qui.»

«Ho capito. Sai dov'è adesso questa Dominga? È ancora in città?»

«Sì, siamo compagne di corso. Ha trovato un'altra casa da queste parti.»

«Hai un indirizzo?»

«No, ma ho il numero del suo cellulare. Lo vuole?»

«Perfetto, grazie. Vorrei parlarle nei prossimi giorni. E senti, poi Marinella il libro lo ha riscritto?»

«Non è stato necessario per fortuna. Qualcuno lo ha imbucato nella cassetta delle lettere qualche giorno dopo.»

«Ma guarda. Forse Dominga s'è pentita.»

«Forse, chissà. Lei però ha sempre detto di non aver toccato nulla.»

«Tu le credi?»

«Non lo so, a volte Dominga è un po' strana.»

«Strana in che senso?»
«Mah, frequenta giri suoi, cose così...»
«Sai se sarà presente ai funerali?»
«Penso proprio di sì. Sa commissario, noi abitiamo tutte a Otranto, ci conosciamo da bambine. A Marinella volevamo un sacco di bene. Questa storia ci ha distrutto.»
«Posso immaginare. Ha distrutto anche me.»

Per tornare nel centro murattiano, attraverso il sottopasso della stazione ferroviaria e i giardini di piazza Umberto, mescolandomi ai migranti e alle badanti in libera uscita. L'odore acre del piscio e del sudore è esaltato dalle alte temperature. La pantera azzurra è parcheggiata di traverso accanto alla fontana monumentale, la zona è ad alto rischio e i controlli sono molto serrati, ma la poliziotta al volante è troppo impegnata a masticare la gomma e a ripassarsi il mascara, per accorgersi del pestaggio che avviene a pochi passi da lei.

I postali parcheggiati quasi a ridosso di via Sparano, la Montenapoleone barese, imbarcano pacchi e bagagli per le varie destinazioni: Georgia, Polonia, Ucraina, Russia. Partono da qui due volte a settimana, alla stregua dei postali di una volta. Trasportano capitale umano, vettovaglie, denaro, pellicce usate, storie, ragazze da marito, insieme alla merce illecita nascosta nei doppifondi blindati. Armi, droga, clandestini.

Mi accorgo di quanto la città sia cambiata negli ultimi vent'anni, dai tempi in cui andavo all'università, quando questa era l'agorà degli studenti e di una certa politica, mentre adesso è solo il mercato dei disperati.

Prima di tornare in questura, ho un altro sopralluogo da fare. A casa di Luca Di Dio.

Orfano di padre sin da ragazzino, la vittima divideva un appartamento con sua madre, l'inconsolabile professoressa Vera Terlizzese. Mancano solo un paio d'ore al funerale e in casa c'è molta confusione. Amici, conoscenti, i condomini del palazzo, i parenti. Qualcuno mi riconosce e mi fa accomodare in salotto. Le parole *commissario della Sezione Omicidi* rimbalzano di bocca in bocca. Da quando ci sono tutti questi sceneggiati alla tivvù, noi e i medici legali veniamo considerati con un certo rispetto. Trattati quasi al pari degli eroi.

L'ambiente è opprimente, arredato con pesanti mobili di noce scuro, e un'enorme quantità di ninnoli sparsi su tavolini e trumeau. Le serrande sono abbassate e le luci tenute spente, in segno di lutto. Dopo pochi minuti di attesa qualcuno mi informa che la signora sta riposando poiché molto provata, ma se posso aspettare ancora un quarto d'ora mi riceverà. Mi scuso della visita senza preavviso, e faccio presente che ho solo necessità di ispezionare la stanza di Luca ma che non è il caso di disturbare la signora in un momento così delicato.

Una giovane donna annuisce, si rivolge a me.

«Grazie commissario, forse è meglio che l'accompagni io. Zia Vera non sta molto bene.»

«Lei è una parente? Con chi ho il piacere di parlare?»

«Sì, mi scusi. Piacere, sono Fiorella Terlizzese, cugina diretta di Luca.»

«Commissario Lobosco. Condoglianze signora.»

«Grazie commissario, che tragedia assurda... Io e Luca eravamo molto legati, sa?»

«Lo immagino. Quello che è accaduto ha sconvolto l'intera città e stiamo cercando di fare luce sulla vicenda. Sono qui appunto per questo e mi scuso per il momento alquanto inopportuno. Ma come lei sa, è importante avviare ogni tipo di indagine nel minor tempo possibile.»

«Venga, l'accompagno. E non si scusi, fa il suo lavoro. Ecco guardi, la stanza di Luca è questa.»

La porta è aperta, niente è stato toccato da domenica mattina, quando intorno alle dieci Luca è uscito di casa per l'ultima volta. Il letto è stato rifatto, ma nel posacenere c'è ancora una sigaretta fumata a metà e poi schiacciata. La stanza è una macchia di colore nella casa buia e antiquata. Arredata con mobili moderni e pezzi di design, ha un gusto molto personale e deciso. Mobili di Kartell in plexiglass, bookworm piene di libri alle pareti, automobiline di latta messe in fila sulle mensole, molte fotografie nelle cornici a vista. Sulla sedia sono appoggiate una giacca blu e una cravatta a righe, sul parquet accanto al letto è aperto un libro a faccia in giù. Lo prendo, è un Adelphi ruvido, copertina rossa. *La versione di Barney*, uno dei miei romanzi preferiti. Luca era arrivato a pagina 196. Non saprà mai com'è andata a finire la storia.

Fiorella è sulla porta, mi guarda. Probabilmente si sta chiedendo come il dettaglio di un libro possa aiutare nelle indagini, ma è una storia troppo lunga da spiegare. Più facile chiederle di poter restare sola per cinque minuti.

«Se posso permettermi, lei è davvero un commissario della Omicidi?» chiede timidamente, prima di andare.

Sospiro, prima di rispondere. Poi abbozzo un sì.

«Mammamia.»

È leggermente turbata, non capisce il motivo della visita. Si sta chiedendo perché. Al momento nessuno sa del monossido di carbonio rinvenuto nella bombola e delle tracce nei polmoni di Marinella. Della possibilità concreta che potrebbe non essere stato un incidente.

Esita ancora un attimo sulla soglia.

«Cerca qualcosa di preciso? Forse posso aiutarla.»

«La ringrazio, però no. Non cerco nulla in particolare, ma ho l'abitudine di farmi un'idea della personalità dei soggetti coinvolti nei casi per i quali indago. Sa, il nostro è un lavoro molto particolare, spesso i dettagli che appaiono minimi ai profani sono essenziali a noi tecnici per capire la dinamica degli incidenti.»

«Mi rendo conto» sussurra Fiorella, ma so che non è vero. La logica dei familiari in questi casi è primordiale: il loro caro non c'è più e nessuna dinamica potrà mai restituirglielo. Non c'è altro da capire, a cosa serve adesso la personalità di Luca. A niente, a niente più.

Leggo tutto questo nel suo sguardo lucido di pianto mentre si chiude silenziosamente la porta alle spalle lasciandomi sola.

Mi guardo intorno, c'è tanta luce qui. Osservo le foto posate sulle mensole, una per una. Foto in vacanza, in barca, all'università, in moto, con molte ragazze. Sempre diverse. Tutte appariscenti, bellissime. Diverse da Marinella, come il giorno dalla notte. Sulla parete che fa da testata al letto c'è una cornice intera di foto con lei. In una si stanno baciando. In un'altra Marinella ha un palloncino colorato attaccato al polso. Riguardo le fotografie, una per una. In molte c'è un tratto comune, qualcosa di celeste che ha il sapore di un déjà-vu. Devo solo mettere a fuoco dove e quando.

Di fianco all'armadio c'è una porta mimetizzata da uno specchio. Conduce a un piccolo bagno privato, con le piastrelle color verde mare. L'asciugamano di spugna bianca è scivolato per terra, lo risollevo. Odora di ammorbidente. Sulla mensola sono allineati alcuni prodotti da toilette, una spazzola di legno. Un flacone da 200 ml di Eau Sauvage pieno a metà. Non resisto, ne verso un po' sui polsi, strofino, aspiro a lungo come una cocainomane. Perdo la cognizione del tempo.

Dopo quindici minuti sento bussare. È la cugina di Luca che viene a cercarmi. Il tempo è passato senza che me ne rendessi conto e tra poco bisognerà raggiungere la Chiesa di San Giuseppe per i funerali. Fiorella riapre la porta, mi raggiunge nel piccolo bagno. Nell'aria c'è il profumo che ho appena spruzzato. La giovane donna vacilla, gli occhi le si gonfiano di pianto.

«Luca...» singhiozza.

Apro l'armadietto, le porgo un fazzolettino.

«Sa, questo era il suo profumo da sempre» mi confida asciugando le lacrime. «Luca era un po' vanitoso, se ne versava litri addosso. Talvolta annusavo il suo odore prima ancora di vederlo apparire. Non sarà facile dimenticarti, cuginetto mio.»

«Non deve dimenticarlo mai, Fiorella. Non sarebbe giusto. Ancora condoglianze.»

Quando esco da casa di Luca sono da poco passate le due, faccio slalom nel traffico dell'ora di punta mentre le scolaresche escono da scuola, ma tra tacchi, specchietti, zainetti e motorini non è facile. Lorenzo mi aspetta, ho ricevuto un suo messaggio poco fa e sono già in ritardo di un quarto d'ora. Il caffè all'angolo di via Argiro è affollato di impiegati in pausa pranzo e il mio uomo mi viene incontro e mi stampa un bacio, proprio sulla bocca. Arrossisco, nascondo il viso tra capelli e occhiali da sole, in molti si girano a guardare.

Ho già parlato di baci. Quelli all'angolo che certi uomini ti danno, come preludio a quello che verrà. Baci che ti mandano in paradiso. E poi quelli sulla bocca, dati senza un perché e neppure un percome, spesso cercati da entrambi, ma che resteranno per sempre sospesi e non porteranno a nulla mai. Sono quelli degli uomini senza coraggio, quelli che non vanno bene per me.

Il bacio di Lorenzo fa parte di questa categoria.

«Sei bellissima» dice lui.

Sto per sorridere, avrei bisogno di credergli in un giorno come questo, poi però mi ricordo che i complimenti degli uomini sono automatici come i distributori delle sigarette, dicono sempre tutti così, guardano il pacchetto, mica il particolare. Ignorano i capelli elettrici per l'umidità, la ruga all'angolo della bocca, il capello bianco che spunta in direzione del sopracciglio sinistro. Gli basta intravedere mezza coscia quando ti siedi, anche se non l'hai fatto apposta. E se porti l'autoreggente è meglio.

Anche Lorenzo sì, anche lui.

«Ma quale bellissima, Lorè. Se solo riuscissi a perdere un paio di chili, allora sì.»

«Non dire sciocchezze. E poi stai bene con i capelli più lunghi.»

«È che non c'ho il tempo manco di andare dal parrucchiere, però grazie, anche tu stai bene. Un po' dimagrito forse.»

«Qualcosina, sì. Tre mesi di palestra. L'avevo fatto per te, per piacerti di più, ma tu ormai...»

«No Lorè, quale ormai! Finiamola con 'sta storia, che tanto tra di noi non è neppure cominciata. E poi io mi devo INNAMORARE, altrimenti proprio non ci riesco a mettermi con uno. Tra noi non è successo, che ci possiamo fare? E poi adesso sei il miglior amico mio, fattelo bastare. Però niente più baci, per piacere. Non quelli sulla bocca, almeno.»

«Ok, come vuoi tu. Che prendi?»

«Spremuta, toast e un caffè.»

«Cameriere scusi, vorremmo ordinare. Sì, però amici non è la stessa cosa che fidanzati, lo capisci da te.»

«A volte può essere anche meglio, credimi. Gli amori finiscono, le amicizie mai.»

«Mi hai convinto. Dimmi, cosa posso fare per aiutarti?»

«Ecco sì, stavo per parlartene. Hai presente quel fotografo freelance che mi hai presentato un paio di mesi fa?»

«Chi, Gennaro?»

«Mi pare di sì. Sai come rintracciarlo?»

«Dovrei avere il suo numero. Ma scusa non avevi detto che è insopportabile?»

«Sì certo, quando mi fotografa senza permesso e non mi fa neppure venire bene. Ma adesso ho bisogno di lui per una cosa importante.»

«Cioè?»

«Si tratta di un servizio fotografico da eseguire durante una funzione religiosa. Devi telefonare a questo Gennaro e chiedergli di venire con urgenza alla Chiesa di San Giuseppe. Per le sedici al massimo deve essere lì, prima è meglio. Raccomandagli di scattare moltissime foto a tutti i presenti, in particolare a quelli seduti nei primi banchi e alle ragazzine dell'università. A funzione terminata, nel giro di un'ora, massimo due, deve portarmi tutti gli scatti copiati su un cd. Naturalmente assicuragli che il lavoro sarà retribuito.»

«D'accordo, riferirò. Cosa c'è, un matrimonio?»

«Che cacchio dici, Lorenzo? Secondo te cosa faccio di mestiere, la wedding planner? O il commissario della Omicidi? E poi dove vivi, voglio dire. Come fai a ignorare che oggi c'è il funerale dei due ragazzi annegati? Oltre – a te lo posso dire – a una probabile indagine di omicidio in corso.»

«Caspita, non immaginavo. Mi pareva di aver letto che trattavasi di una disgrazia.»

«Ti pareva, sì. E a cinquantanni e con il mestiere che fai non hai ancora imparato a filtrare quello che leggi. Lo sai come vanno le cose in questa città, o no?»

«Sono tornato da poco. Devo recuperare. Aiutami tu...»

«Ci provo. Lezione numero uno: mai nulla è come appare. Ti va di accompagnarmi?»

«In questura?»

«No, al funerale.»

«Adesso, dici?»

«Tra meno di un'ora.»

«Non saprei.»

«Ti prego.»

«Allora sì. Il conto per favore.»

Alla controra sono già ai funerali. C'è Lorenzo con me. È un buon osservatore e nutro grande fiducia in lui. Anche Gennaro è arrivato, lo intravedo seminascosto da una navata mentre scatta fotografie in sequenza. Stavolta però si astiene dal fotografarmi, buon per lui.

Fa caldo e non si respira, la chiesa è gremita. Le due bare gemelle in legno chiaro sono affiancate. Su una sono posati un velo da sposa e un piccolo bouquet di margherite. Fa tenerezza, sembra il mazzetto raccolto da una bambina. Era così Marinella, delicata e dolce come un fiore. Sui banchi della prima fila divisi dal corridoio centrale siedono i congiunti delle due famiglie. Subito dietro, gli amici. Maurizio, Laura, Emilio, Daria con una sciarpa celeste girata due volte intorno al collo. Ancora dietro, gli amici dell'università, quelli del paese. I colleghi di Luca e di sua madre, i parenti. L'omelia del prete è lunghissima, il pianto delle madri e del fratello di Marinella, struggente. Vado via prima che finisca la funzione, sto troppo male, non ci riesco a restare. Ho bisogno di uno scudo al dolore per concentrarmi, capire se. Capire chi.

Fuori, nella luce sudamericana di un tramonto barese, due carri funebri aspettano davanti al sagrato. Di fronte c'è il mare, di una bellezza che toglie il respiro.

Daria

Intorno alle venti, puntuali come carabinieri, Lorenzo e Gennaro si presentano a casa mia con un paio di cd da visionare al computer. Li faccio aspettare cinque minuti buoni sul pianerottolo, sono al telefono con Marietta, discutiamo fatti di donne che i maschi non possono sentire. Poi finalmente sciolgo la riserva e apro.

«Buonasera.»

«Buonasera, prego. Accomodatevi in cucina. Lorenzo, fai strada al signore.»

«Gennaro.»

«Gennaro, certo. Ho bisogno solo di un attimo per accendere il computer.»

«Non si disturbi commissario, ho portato il mio. Ci sono caricate tutte le foto della funzione.»

«Come vuole. Gradite un caffè prima di cominciare a lavorare?»

«Grazie sì, per me al ghiaccio. Il caldo di oggi non accenna a diminuire.»

«Lorenzo, per te?»

«Anche, grazie. Leccese, se si può.»

«Certo che si può.»

Detesto preparare il caffè, ma non lo dico. Anche se la variante leccese, con ghiaccio e latte di mandorla, in ricordo del *café del tiempo* valenciano, piace molto anche a me. Mentre preparo la caffettiera, faccio qualche domanda a Gennaro, chiedo per esempio se c'è qualcosa che ha notato o qualcuno che lo ha colpito in modo particolare. Poi nell'attesa, stendo un runner sulla metà del tavolo che non è occupata dal computer, affetto la ciambella, metto nel piattino un po' di marmellata alle fragole, preparo il vassoio con il bricco del latte di mandorla, i bicchieri da vino rosso, i cubetti del ghiaccio e le tazzine più belle che ho.

«Qualcosa di strano c'è» ammette sorseggiando il caffè, non concedendo nient'altro alla mia impazienza. «Adesso le mostro ogni cosa.»

Mi siedo accanto mentre Gennaro muove il mouse velocemente, le foto scattate sono davvero tante, e manca il tempo per visionarle una per una. Lo farò da sola più tardi, però nell'immediato mi colpisce la quantità di immagini che vede Daria come unico soggetto. Nettamente superiore, rispetto a tutti gli altri partecipanti alla cerimonia funebre. Colpisce allo stesso modo l'unica espressione che appare nelle foto. Fissa, con lo sguardo assente, senza una lacrima. Quasi autistica, con il viso affondato nella sciarpa celeste. Solo gli occhi restano fuori.

Le guardo e le riguardo, ipnoticamente.

«Perché lei così tante volte?» chiedo cercando riscontro alle mie sensazioni.

Gennaro non risponde subito. Riflette mentre si versa ancora del caffè.

«Non saprei dirle di preciso, commissario. Probabilmente perché era l'unica ad avere un comportamento diverso dagli altri. In mezzo a una folla di gente affranta, non piangeva, non si disperava. Aveva accanto il suo uomo, gli amici, ma non ha interagito con gli altri neppure per mezzo secondo. È rimasta isolata nella sua bolla di dolore. Come se fosse sotto shock.»

«Uhm. O forse l'ha fotografata perché ha un fascino magnetico. Non può non averlo notato. Come tutti gli uomini anche lei è attratto dalla bellezza. Oppure no?»

«Commissario, ho sempre avuto di lei l'idea che non sia una donna banale. Per questo a volte l'ho fotografata, pur senza autorizzazione. Non mi deluda. Gli uomini non seguono un cliché, o almeno non tutti. E un fotografo non è necessariamente attratto dalla bellezza, quanto dall'aura che si sprigiona dalle persone o dalle cose. Qualcuno la chiama *halo*, ma non so tradurla nella mia lingua.»

«*Halo*?»

«*Halo* è quello che noi siamo. Se siamo. In positivo o in negativo. Spesso chi fotografa cerca di cogliere quell'essenza con un obiettivo. In quei casi l'immagine non conta, è tutto il resto. È il sogno, o la proiezione del nostro inconscio.»

Uhm, pure filosofo 'sto Gennaro.

«Sì certo, mi rendo conto. Il fatto è che sono un commissario della Omicidi, e mi sono rivolta a lei come tecnico, non come artista. Conduco un'indagine e ho necessità delle sue impressioni a caldo sul come e il perché abbia deciso di dedicare i due terzi delle foto a un solo soggetto.»

«Appunto, le stavo spiegando.»

«Bene, spieghi.»

Gennaro esita. Guarda Lorenzo, cerca un sostegno. Ma Lorenzo ha deciso di restare fuori dall'affaire ed è occupato a spazzolarsi l'intera ciambella.

Insisto.

«C'è altro? Perché io qui vedo solo una ragazza che ha perso un amico e non riesce a tirar fuori il dolore.»

«C'è altro, sì» ammette. «Come le dicevo, durante la sessione fotografica sono stato colpito dall'isolamento della ragazza. Ma esiste un secondo motivo. Io quella ragazza l'avevo già vista e fotografata più volte.»

«Ah, quindi la conosceva! E me lo dice adesso? Fotografata per un servizio su commissione, oppure?»

«Ecco, no. Erano scatti non autorizzati.»

«Rubati dunque, come nel mio caso. Una sua abitudine il furto.»

«Ma no commissario, che brutta definizione. Si può rubare la bellezza? O le ali di un gabbiano, o il mare in tempesta? Mi risponda con sincerità, la prego.»

«No guardi, deve esserci un equivoco. Qui le domande le faccio io. Atteniamoci ai fatti.»

«E no, Lolita. La smetta di giocare allo sceriffo con me. Qui non siamo in questura e lei non mi sta interrogando. Mi ha commissionato un servizio fotografico e io gliel'ho consegnato. Questo è quanto. Adesso vado.»

Accidenti, la voce di Gennaro freme, e io mi rendo conto di aver esagerato. Il fatto è che certi ruoli ti ingessano nelle convenzioni e nelle responsabilità, e dopo tutte le fregature che ho preso, è sempre più difficile lasciarmi andare. E anche quando a casa piego la divisa e resto con la sottana, ci vogliono ore prima che riesca a togliermi la corazza e l'elmetto. Ci riesco sempre meno, sempre con meno persone. Mia madre, Marietta, i bambini di mia sorella. No, con Carmela no. Con quella ci vuole sempre il fucile spianato, figurati. A volte con Esposito e Forte, ma solo quando non stiamo lavorando. E poi con Tonio, mio cognato, anzi ex... Anche se, da quando s'è fidanzato, ci siamo un po' persi e mi manca proprio assai.

Mi mordo le labbra e mi concentro sul luogo nel quale mi trovo adesso, la cucina di casa mia in una sera di fine estate. Cerco la mia immagine riflessa sul vetro del finestrone. Un vestitino di cotone bianco, una zeppa di sughero ai piedi. I capelli sciolti. La stanchezza di una giornata pesante nascosta tra le pieghe del viso. Nessuna autorevolezza, in effetti. E poi 'sto ragazzo mi piace. Mi fossi messa almeno un poco di rossetto stasera, un rigo di matita sotto gli occhi. Invece niente, solo quel poco di abbronzatura che m'è rimasta appiccicata.

«Scusi, lei ha ragione. L'ho strapazzata un po', ma la storia tragica di quei due ragazzi non mi dà pace e... ecco... sono un po' sotto pressione.»

«Capisco, sì. Il problema è che certi ruoli di potere sono devastanti. Il suo per esempio. È più comodo fare i commissari ventiquattr'ore su ventiquattro che scendere dal piedistallo quando finisce il turno e dimenticare ogni privilegio.»

Quello che mi sta dicendo Gennaro mi colpisce come un destro sulla guancia, perché no, non è vero. Non abuso mai del mio ruolo se non quando, se non per...

«No guardi, non è vero. Io...»

Gennaro sorride.

«Lasci stare. Non deve spiegarmi nulla commissario, capisco perfettamente. E poi il caldo di quest'estate ci ha reso tutti pazzi. Siamo quasi alla fine di settembre e ancora non accenna a finire. Cercavo di spiegarle che la fotografia è una passione prima ancora che un lavoro. Si lavora per vivere certo, ma dentro siamo artisti.»

«Certo. Dove aveva avuto occasione di ritrarre Daria?» Andiamo al dunque, per piacere Gennà.

«Si chiama così?»

«Sì.»

«Dalle parti del mio studio, due inverni fa. Ho una finestra che si affaccia su un giardino pubblico, alle spalle della Chiesa Russa. Ha presente?»

«Certo, ci sono nata in quella zona. Via Toma, al numero 12.»

«Proprio lì. Non ci crederà ma il mio studio è proprio nello stabile accanto, al numero 14. Il giardino è frequentato durante tutto il giorno da coppiette, anziani e baby-sitter con i bambini. Mi piace fotografare i loro momenti.»

«Mi piacerebbe vederle.»

«Quando vuole venga a trovarmi in studio. Ho fatto mostre e pubblicato diversi cataloghi. Trova tutto sul mio sito internet, le lascio un biglietto da visita.»

«Grazie, un giorno o l'altro magari. Mi racconti della ragazza. Con chi era, quando. Insomma tutto ciò che sa.»

«Oh be', lei arrivava in motorino da sola, si sedeva sotto un albero e aspettava.»

«Che faceva durante l'attesa?»

«Niente di particolare. A volte leggeva, o usava il telefono. Mangiava una mela. Ascoltava musica forse. Ci sono molte foto con gli auricolari. Fumava anche.»

«E poi?»
«E poi la raggiungeva qualcuno.»
«Chi?»
«Sempre la stessa persona, un uomo giovane. Bello come lei, ma di una bellezza diversa.»
«Come, diversa?»
«Come il giorno e la notte. Lui era il mattino. Si sedevano sulla panchina, si abbracciavano, si baciavano. A volte mangiavano un panino. Ridevano. Cose così. Davano l'idea che la felicità è una cosa semplice. Mi piaceva molto fotografarli, erano pieni di energia.»
«E poi?»
«Un paio di volte li ho visti litigare. Lei andava via piangendo, ma poi il giorno dopo tornava. Arrivava prima lei, poi lui. Ogni giorno in pausa pranzo.»
«Ricorda il periodo?»
«Fino a giugno, credo. Luglio al massimo. Ad agosto sono andato in ferie. A settembre li ho rivisti un paio di volte. Lei gridava, piangeva. Lui non l'abbracciava più.»
«Li ha fotografati?»
«Le ultime volte, dice?»
«Sì, mentre litigavano.»
«Non ho fatto scatti, mi spiace. Non trasmettevano nulla di positivo.»
Uffa, penso. Ma non lo dico.
«E di tutto il resto? Ha delle foto da mostrarmi?»
«Sì certo, le ho portate con me. Gliele mostro, se vuole.»
Ma benedetto Gennaro, non lo potevi dire prima che mi risparmiavo mezz'ora di terzo grado? Ah, poi dici gli uomini, guarda. Hanno i riflessi lenti come i bradipi.
Gennaro inserisce un cd. "Ragazza in fiore" dice il file. Poi si alza e mi fa sedere al suo posto. Sullo schermo del computer, a tutto campo appare una foto sorprendente. Anche per me che avevo già capito da un po'.
Sono Daria e Luca, abbracciati stretti. Clicco velocemente il mouse. Non riesco a credere alla fortuna che ho avuto. Nul-

la accade per caso, già. E dire che 'sto Gennaro mi era proprio antipatico. È indubbio che questa rivelazione apra un nuovo scenario nelle indagini. Gli scatti sono tantissimi. Lui che bacia lei, lei che gli tocca i capelli, loro che mangiano un gelato, che fumano, che si baciano. Come in quella poesia di Prévert. E poi si baciano ancora. Ancora.

Avvinghiati come adolescenti. Ci sono molte date. Calcolo una sequenza di almeno quindici mesi. Una storia importante. Nonostante Daria convivesse già con Emilio all'epoca degli scatti. L'ultima foto risale a giugno scorso. L'ultima felicità. L'immagine di Luca che sorride resta impressa sullo schermo del pc.

«Ho bisogno di queste foto, sono molto importanti.»

«Certo. Mi dia un minuto, le copio il cd.»

Gennaro è dietro di me, si china sul computer. È solo un attimo, ma sento la sua presenza sfiorare la mia schiena. Respiro l'odore dolciastro del sudore mescolato alla fibra sintetica della maglietta. Avverto il suo alito profumato di menta. Il brivido sale lento, fino alla nuca. Lo sento sui capelli, come una carezza. La pelle s'increspa. Chiudo gli occhi, confusa. Arrossisco.

«Grazie, non sa quanto mi è stato d'aiuto.»

«Sono a sua disposizione.»

«Ecco sì appunto, deve dirmi quanto le devo per le sue competenze. Per il servizio di oggi pomeriggio, e per il cd.»

«Nulla, guardi. Sono felice di poter aiutare la giustizia.»

«Io la ringrazio, però non funziona così. Il lavoro va retribuito. Il suo come il mio. Insisto, mi lasci un foglietto con l'importo e i suoi dati. La fattura verrà liquidata dall'economato della questura in trenta giorni al massimo. Vero Lorenzo?»

«No, per stavolta nessun compenso economico. Anche se c'è qualcosa che vorrei.»

«E sarebbe?» chiedo, dubbiosa. No, perché se mi chiede un bacio o similari lo prendo a mazzate.

«Si lasci fotografare un giorno. Da donna, non da commissario.»

«Sta scherzando?»

«Sono serissimo. Ci pensi dottoressa.»

«Se lo scordi. Lorenzo ti prego, accompagna il signore. E grazie ancora. Mandi pure il conto in questura, intestato a mio nome. Buonasera.»

Fotografarmi bah, ma come si permette. 'Sto delinquente! Inutile guarda, gli uomini sono tutti uguali!

Metto il ferro alla porta, lavo tazze e bicchieri, preparo la caffettiera per domattina. Annaffio gerani, mentuccia, basilico e resto a guardare il mare. Le barche che dondolano placide nel porticciolo, mentre tutt'intorno ogni cosa luccica. Le stelle, la luna, le luci del lungomare. I due ragazzi che si baciano sulla panchina di fronte.

Avrebbero potuto essere Marinella e Luca quei due, se qualcuno non avesse deciso altrimenti.

L'orologio sulla torre del Palazzo della Provincia segna le ventidue. Davvero troppo tardi per chiamare il professor Introna, lo farò domattina come prima cosa. Lo step successivo dell'indagine dipende esclusivamente da quello che mi dirà. Nonostante abbia una mia idea, anzi due. Perché se è vero che la dottoressa Daria Attanasio al momento appare quella con più strumenti a disposizione per commettere il delitto, anche Emilio potrebbe aver avuto le stesse opportunità, oltre che un valido movente. Una specie di delitto d'onore, come quello previsto dal Codice Rocco negli anni Trenta e abrogato soltanto nel 1981. Appena ieri. Ecco, Emilio potrebbe in un certo senso aver applicato uno stato d'animo riconosciuto nel passato anche dal codice penale. Oppure no.

E anche Dominga, la ragazza mandata via dall'appartamento in seguito alla lite per il manoscritto scomparso, poteva avere motivo di vendetta. Tra l'altro, elemento da non sottovalutare, non era neppure presente alla cerimonia funebre.

Prendo carta e penna e comincio a stilare uno dei soliti schemi con cui sin da bambina metto in fila i miei pensieri in disordine.

INDAGINE ALVINO MARINELLA – DI DIO LUCA

INDIZIATI POSSIBILI N. 4

Fattore X – nome sconosciuto – addetto diving ricarica bombole – possibilità omicidiaria bassa – movente assente – causa accidentale/imperizia

Emilio Amatulli – possibilità omicidiaria media – movente ipotetico: delitto d'onore

Daria Attanasio – possibilità omicidiaria alta – movente ipotetico: delitto passionale

Dominga Novoli – possibilità omicidiaria media – movente ipotetico: vendetta

Rileggo e rifletto su quanto ho scritto non senza difficoltà, quindi lascio perdere. Sono sfatta di caldo, troppo stanca per pensare all'indagine e senza avere in mano il risultato dell'autopsia è inutile cadere in supposizioni affrettate, per poi beccarsi una lavata di testa dal questore o peggio ancora dall'ispettore Forte.

Forse è meglio se chiamo Marietta, almeno un po' mi distraggo.

«... e lui, questo Gennaro, com'era?»

«Non male, a dire il vero.»

«Tipo Danilo?»

«No, tutt'un'altra cosa. Più maschio, più rude.»

«Embè?»

«Embè che cosa? Niente, dice che voleva fotografarmi, da donna e non da commissario, e che dovevo fare secondotè? L'ho messo alla porta seduta stante.»

«Hai fatto bene, hai fatto. Andasse a fotografare la mamma, che andasse.»

«Ma proprio. Buonanotte Mariè.»

«Ciao Lolì, buonanotte. E ricordati che lunedì cominciamo con il corso di burlesque.»

«Tranquilla, alle otto meno un quarto ti aspetto giù da me. Un bacio.»

Ho fatto bene certo, ha ragione Marietta. Andasse a fotografare la mamma, e pure la sorella appresso.

Poi però, quando mi metto a letto e la solitudine mi azzanna lo stomaco, penso che mi piacerebbe farmi fotografare l'anima da Gennaro. Tutta nuda, con indosso solo un paio di Louboutin.

E forse ho sbagliato a dirgli subito no, mannaggiammè che sono fatta così, che subito appiccio e poi mi brucio da sola.

Alice Allevi

«Ciao professore, allora?»

«Lolita. Ci siamo, sai. Ho qui tutta la documentazione richiesta dall'autorità giudiziaria. Referti, fotografie, analisi autoptiche. Ti aspetto quando hai tempo per consegnartene una copia. Anzi meglio, che ne dici se ci vediamo per un aperitivo verso mezzogiorno?»

«Agli ordini Prof, dimmi tu dove e ti raggiungo. Ubi maior, minor cessat.»

«Eh, viva le donne. Dite sempre così, poi però decidete sempre tutto voi. Direi che potremmo vederci in zona Castello, e poi fare una passeggiata sulla Muraglia. Verrò con una giovane specializzanda romana che si ferma a Bari tutta la settimana per un convegno. Tra l'altro ho eseguito in équipe con lei le autopsie di Luca e Marinella, poi ti spiego anche perché. Vorrei presentartela: potrebbe esserti utile il suo punto di vista. Mi piacerebbe farle vedere qualcosa di Bari poiché non c'è mai stata. Magari ci fai tu da chaperon. Che ne dici?»

«Ma certo, vi accompagno volentieri, anche perché mi pare proprio una bella comitiva. Due medici specializzati in autopsie e un commissario della Sezione Omicidi, immagina i commenti di quelli che incontreremo. Però sarà divertente. Dai, vi aspetto davanti alla biglietteria del Castello Svevo alle dodici in punto. C'è una mostra di quadri se non erro, si potrebbe approfittare.»

«Perfetto, la dottoressa Allevi ti piacerà moltissimo.»

Il professor Introna non si sbaglia, tra me e Alice Allevi,

trent'anni, medico legale, giovane, bella e che non regge bene le autopsie, è amore a prima vista. Uno di quegli innamoramenti rari che scattano tra donne quando riconoscono i tratti comuni. Nel caso mio e di Alice, un lavoro complicato, la ricerca dell'amore impossibile, il tacco dodici, le Louboutin. Una nonna che vale un'enciclopedia, per la quantità di massime e consigli necessari a vivere. Un pizzico abbondante di imbranataggine. Il romanticismo... Dici poco, dici.

Così, dopo aver licenziato il Prof, tra una visita al Castello e un'oretta di shopping selvaggio, approfittiamo per quattro chiacchiere in riva al mare, davanti a un vassoio di ricci e focaccia e a un paio di calici di vino rosé.

«E allora Alice, raccontami del tuo lavoro.»

«Fare il medico legale era il mio sogno. Però sai Lolita, credo che per certi aspetti sia molto simile al tuo. Un lavoro duro, incomprensibile a molti. Soprattutto quando a farlo è una donna. Eppure anche sezionare un cadavere e poi ricomporlo può essere un atto d'amore. Io *adoro* la medicina legale, dove ogni minimo dettaglio è fondamentale, anche se le apparenze mi condannano a sembrare distratta e quasi disinteressata alla mia professione. Però sai una cosa? Mi piacerebbe lavorare in polizia e se un giorno dovessi rinascere farei il commissario come te, oppure l'investigatore. Ho un'autentica passione per la materia e, ogni volta che in Istituto operiamo sulla vittima di un omicidio, mi metto sulle tracce del possibile assassino.»

«Allora ha avuto ragione il Prof dicendo che potresti essermi utile per la risoluzione di questo caso. Sono sicura che se lavorassi a Bari andremmo d'accordo e seguiremmo le indagini insieme. Il Prof è straordinario, il migliore in assoluto nel suo campo. Noi donne, però, abbiamo una marcia in più. Non credi?»

«Le indagini insieme? Bello! Come faccio con l'ispettore Calligaris, allora?»

«Non saprei... Chi è l'ispettore Calligaris?»

«Un tuo collega romano. L'ho conosciuto qualche anno fa

mentre lavoravamo entrambi sul caso di Giulia Valenti e da allora, ecco be' sì, collaboriamo.»

«Che idea ti sei fatta della morte di questi due ragazzi?»

«È senza dubbio un omicidio volontario. Ma ho anche un'idea sul sesso dell'assassino.»

«Dimmi, mi interessa moltissimo. Anch'io ho un'idea in merito.»

Lo squillo dei telefoni di entrambe interrompe il nostro pomeriggio di chiacchiere. Il questore ha convocato una riunione urgentissima per una sparatoria al quartiere San Paolo. Il lavoro chiama, devo andare.

«Ciao Alice, scusami ma devo scappare. È stato un vero piacere averti conosciuto. Ti chiamo un taxi se vuoi. Magari ti telefono domani per approfondire quello che mi stavi raccontando.»

«Ciao Lolita, vale anche per me. E chiamami quando vuoi. No grazie, niente taxi, ho l'albergo qui in zona. Però se passi da Roma avvisami. Ci sono dei negozietti dove...»

«... potrei impazzire, lo so. Contaci, un giorno o l'altro vengo davvero.»

Rientrata in questura, subito dopo la riunione con il questore, Marietta e il prefetto, mi tuffo nel faldone dell'autopsia. La relazione del professor Introna è tale da non lasciare alcuno spazio al dubbio. Marinella è morta per avvelenamento da monossido di carbonio. Indagare se la bombola è stata caricata male per caso o per dolo, è compito mio.

Il suo fidanzato, Luca Di Dio, invece è deceduto per asfissia da annegamento poco dopo. Presumibilmente in preda al panico quando si è reso conto che la sua piccola Marinella era priva di sensi sul fondo, ha fatto in tempo a slacciarle la zavorra e a gonfiarle il Gav per la risalita, quindi dev'essere successo qualcosa perché è entrato nella stiva senza filo di Arianna. Probabilmente ha pinneggiato troppo energicamente, alzando nuvole di sedimento che gli hanno impedito di ritrovare la via d'uscita. Una deviazione di percorso non prevista nel piano criminoso dell'omicida. Era Marinella la vittima prescelta. Luca no, lui non doveva morire.

L'acquisizione di questo dato inconfutabile elimina nel giro di poche ore uno dei tre possibili colpevoli, nella fattispecie Amatulli Emilio, proprietario della barca a vela e dell'attrezzatura indossata da Marinella nonché amico intimo del Di Dio e convivente di Attanasio Daria. Cade il movente della gelosia e il delitto d'onore.

Al momento dunque, restano tre sospetti. Daria Attanasio, Dominga Novoli e il fattore X.

La soluzione

Il campus dove ha sede la facoltà di Biologia frequentata da Marinella e dalle sue coinquiline rivela perfettamente quanto contano i ragazzi in questo paese. Meno di zero. Buio, fatiscente, poco sicuro. Con i giardinetti incolti e le pensiline che non reggono l'acqua. Con furti di motorini e biciclette all'ordine del giorno e persino uno scippo avvenuto l'altro ieri. Ma il bar all'interno vende i krapfen a forma di cuore, e la scoperta attutisce di poco lo sconforto provato nel vedere una generazione di ragazzi lasciata senza orizzonti. Orientarsi nella cittadella non è facile, chiedo informazioni a un usciere assonnato che dapprima sbuffa, poi alla vista del tesserino si offre addirittura di accompagnarmi. No grazie, faccio da sola. Casomai domani ti segnalo a chisoio.

Dopo quindici minuti buoni, arrivo a destinazione. La lezione di Algologia marina è appena terminata, gli studenti stanno uscendo dall'aula alla spicciolata. Controllo la foto di Dominga sul foglio ripiegato in quattro che ho tra le mani; è una di quelle inviatemi via mail da Sonia, la coinquilina di Marinella. È essenziale riconoscerla al primo colpo. Ma non sarà difficile a giudicare dal colore fucsia dei capelli rasati per metà e dai piercing disseminati in abbondanza tra orecchie naso e bocca. Un look tardo-punk, ipotizzo tra me e me vedendola uscire con anfibi, chiodo, pantaloni mimetici e trucco pesante. È insieme a un ragazzo, sembrano avere fretta. Li seguo con lo sguardo, poi li raggiungo sulle scale antincendio. Rollano una canna per la pausa tra una lezione e l'altra. È sufficiente mostrare il tesserino per vederli scappare come gatti giù per le scale. Colpa di un paio di grammi di erba nascosti nei giubbotti, probabilmente, solo che non mi aspettavo di dover fare un inseguimento all'interno di un campus universitario, e tra tacchi e gonna stretta li perdo già dal secondo gradino. Riproverò domani, va da sé che la cosa fa scattare un piccolo allarme mentale: la questione Dominga non è da sottovalutare, anzi va approfondita entro domani al massimo. Possibilmente con l'aiuto di Esposito e Forte che, per quanto riguarda gli inseguimenti, rendono meglio di me.

Solo che di approfondire non c'è il tempo, ci vogliono poche ore e un nuovo confronto con il professor Introna e Alice Allevi per avere la conferma che la quantità di monossido inspirato dalla vittima, e quindi presente nelle bombole, è tale da escludere l'immissione casuale. Chi ha ricaricato l'attrezzatura in quel modo letale intendeva uccidere senza margini di errore. Non solo, ma conosceva la profondità alla quale si sarebbero immersi, tanto da dosare una concentrazione di CO che non avrebbe ucciso subito ma dopo quindici minuti, a quarantacinque metri d'immersione. Occorre essere tecnici esperti, ecco. I nomi sul foglietto lasciano pochissimo spazio al dubbio. Fuori anche Dominga, dunque.

Manca poco a chiudere il cerchio. Qualche ultimo accertamento per la chiusura delle indagini, poi la comunicazione al sostituto procuratore che segue il caso, a Marietta in veste formale, al questore.

Una volta a casa riprendo il mio fogliettino dal cassetto. Cancello due voci. Scrivo con la penna rossa un nome.

Il mattino successivo il tempo è cambiato. Il vento di maestrale mischia l'odore salmastro del mare a quello fragrante della focaccia e del pane caldo. L'aria fresca dopo tre mesi di calura sembra aver risvegliato la città dal torpore estivo. I contorni delle cose appaiono più netti, lucidi come pezzi di vetro. La gente si muove veloce.

Alle dodici in punto ho in mano il mandato di cattura. Antonio Forte e Tonino Esposito sono già in macchina, aspettano di accompagnarmi allo studio oculistico nel quale la dottoressa Attanasio presta servizio.

Daria è al lavoro. Ha il camice bianco con il cartellino del nome attaccato davanti, un paio di jeans sbiaditi, la sciarpa celeste intorno al collo, l'odore di Eau Savage appiccicato addosso.

Non è stupita di vederci, anzi sembra quasi ci stia aspettando. Ha lo sguardo sempre più vitreo, come quello di certi cobra che vedi nei documentari. Il viso affilato, terreo sotto l'abbronzatura. Lo affonda nella sciarpa, respira a lungo il profumo di Dior che arriva fino a me, poi quasi sollevata porge entrambi i polsi ai poliziotti che stanno per ammanettarla.

«Fate pure. Io sono morta domenica pomeriggio, insieme a Luca.»

Vorrei chiederle perché. La domanda mi brucia la lingua, mentre la ragazza mi sfila davanti, a testa alta in mezzo a Esposito e Forte, tra i pazienti dell'ambulatorio e i colleghi increduli. Ma non posso, non è la sede giusta. Devo aspettare.

Poi però Daria si gira a guardarmi. Risponde in parte al mio interrogativo silenzioso.

«Commissario, era solo Marinella a dover morire. Luca no, era l'amore mio. Lui non doveva morire. È stato un terribile errore. È giusto così. Devo espiare la mia colpa.»

Non una parola per Marinella, non un rimorso per un delitto assurdo. Cinica fino all'ultimo.

Daria Attanasio confessa tutto poco dopo, durante l'interrogatorio in questura. Anche se dentro di me lo avevo intuito quasi da subito per via di quel profumo e di quella sciarpa celeste, dettagli troppo privati che inevitabilmente riconducevano a Luca.

Nella stanza degli interrogatori ci siamo io, il questore, il sostituto procuratore che si occupa del caso, il suo avvocato.

Daria è collaborativa, non risparmia i dettagli. Spiega ogni cosa con grande freddezza. Sono sconvolta dalla facilità con cui si decide della vita altrui. Non le interessa scagionarsi in qualche modo, è convinta di dover pagare per la tragica morte di Luca.

Solo quando racconta del suo ex amante, la voce si incrina. Mentre parla di Marinella, le parole hanno il suono stridente della carta vetro. Ucciderla era un atto dovuto, sostiene.

«Sta scherzando?»

«Affatto, commissario. Mi lasci il tempo di spiegare. Quando avrò terminato se ne renderà conto anche lei.»

Una follia dopo l'altra.

Aveva conosciuto Luca circa due anni fa, poche settimane dopo essere andata a vivere con Emilio. Era accaduto in barca, un amore a prima vista, di quelli che ti fanno tremare. Daria avrebbe voluto farsi baciare la sera stessa, lui aveva mantenuto le distanze per rispetto dell'amico. Un paio di settimane di resistenza nelle quali le sembrava di impazzire dal desiderio. Poi la passione aveva fatto il resto e in un pomeriggio d'estate Luca aveva dimenticato l'etica dell'amicizia. L'aveva baciata di nascosto, poi erano scappati da qualche parte e avevano fatto l'amore.

I primi tempi erano stati felici, poi pian piano la gelosia di Daria si era infiltrata nel rapporto. Abituata sin da piccola a essere la più brava, la più bella, l'unica, mal sopportava le amiche particolari con le quali Luca si accompagnava. Raccogliendo tutto l'autocontrollo possibile in pubblico, cercava di farsene una ragione, tanto le ragazze non duravano mai più di due o tre settimane. In privato invece, piangeva e strepitava fino a quando Luca si decideva a mollare la stronza di turno. Sperava con tutte le forze che ogni volta fosse l'ultima, sperava che Luca le chiedesse di lasciare Emilio, di andare a vivere con lui. Sognava di sposarlo, di restare incinta per dargli un bambino, o forse due. Sarebbero nati figli perfetti dal loro amore. Invece era accaduto l'impossibile. Nel giro di poche settimane Luca era stato irrimediabilmente travolto dalla dolcezza di una scialba ragazzetta salentina, una studentessa di poche pretese, tale Marinella.

E lui che fino a ieri giurava davanti agli amici *matrimonio non mi avrai*, aveva deciso di sposarla. Ma questo era il meno. Tutto sarebbe stato sopportabile se non avesse interrotto definitivamente la loro relazione. Invece l'aveva allontanata del tutto da un giorno all'altro. Lei che si nutriva di lui, del suo fiato. Che non sapeva stare un'ora senza vederlo, senza sentirlo. Di colpo niente più incontri, baci, amore. Solo qualche rara telefonata ogni tanto, mentre Daria lo desiderava per sempre, progettava di lasciare Emilio, e tutto il resto. O almeno si sarebbe accontentata di restare la sua amante. Avrebbe sopportato le altre, rinegoziato i caveat, disposta a ogni compromesso pur di non perderlo. Ma Luca no, era stato irremovibile.

«Marinella non merita questo» diceva. «È il mio piccolo amore, non posso tradirla.»

Insensibile allo sgomento di Daria, durante un ultimo incontro aveva dichiarato la relazione chiusa per sempre.

Erano stati giorni difficilissimi. Daria era come impazzita. L'odio feroce verso Marinella era divampato in fretta. Aveva individuato in lei l'handicap alla sua felicità. Pertanto, secondo una logica da guerriglia, andava rimosso. Era bastato poco per pianificare un delitto che sembrava perfetto, complice la passione di Marinella per le immersioni. Un gioco da ragazzi per chi come lei era esperta di subacquea sin da bambina. Cresciuta nel mondo dei sub, in mezzo alle bombole più che alle bambole, aveva visto morire tanti sommozzatori. Per fatalità o disattenzione. Perché capita che del monossido s'infiltri in una bombola da sub, capita eccome in una città così tanto trafficata. Sarebbe capitato ancora, aveva deciso la giovane dottoressa, mossa dall'odio per quella ragazza dal viso di bambola bionda, capitata nelle loro vite all'improvviso a far saltare tutti i tavoli del gioco.

Solo che nella foga era stata imperfetta. Armata dall'odio, si era lasciata prendere la mano, tenendo lo scooter acceso a breve distanza dal compressore della bombola per una decina di minuti, poi aveva controllato che la concentrazione di CO generasse una miscela letale solo sul fondo al fine di simulare un'accidentale narcosi da azoto. Non si era accorta che la concentrazione era eccessiva per essere solo una casualità.

E come se non bastasse, l'incognita impazzita. Luca che si era intrufolato nella stiva per recuperare la cintura con la zavorra di Marinella e non ne era più uscito. Morto annegato, intrappolato come un topo. E invece no, non doveva succedere. Non era previsto. Lui non doveva morire. Solo lei doveva crepare, quella stupida ragazza bionda. Daria ha gli occhi iniettati di odio.

«Ed Emilio? Ha avuto un ruolo in tutto questo? Possibile che in questi anni non si sia accorto di nulla? Che non abbia intuito la vostra relazione?»

Per la prima volta lo sguardo di Daria cambia. È come impaurita.

Sì affretta a discolpare il compagno.

«No, lui non c'entra. Forse la sua colpa è stata la distrazione. Il non essersi accorto del mio tormento. Ha ignorato tutto, il mio amore per Luca, il mio odio per Marinella.»

Dopo la morte della ragazza, afferma, le cose sarebbero andate a posto, avrebbe lasciato Emilio e presto o tardi Luca sarebbe tornato. Ormai suo per sempre. Avrebbero fatto un figlio, dimenticato Marinella, e Luca l'avrebbe sposata prima o poi. Mancava poco, e tutto si sarebbe sistemato. Quell'omicidio era un atto dovuto appunto, una correzione al destino. Daria Attanasio è ferma nelle sue convinzioni mentre i colleghi della polizia penitenziaria la conducono via, per la sua prima notte in carcere. L'avvocato almanacca su una presunta incapacità di intendere e di volere, ma la cosa non mi riguarda più. Il mio lavoro finisce qui, con l'omicida nel cellulare della polizia penitenziaria mentre viene condotta alla casa circondariale dall'altra parte della città.

Sono le nove di sera quando lascio la questura, in preda alla nausea, allo sconforto, in uno di quei giorni in cui questo lavoro mi toglie il fiato. Perché non mi abituo a certe cose, alle vite inutilmente perdute per colpa di qualcuno. A chi continua a uccidere in nome dell'Amore. Ai conti che questa città cerca sempre di far quadrare, nel modo peggiore. A qualcosa che nonostante tutto continua a sfuggirmi.

IT'S HARD TO BE A SAINT IN THE CITY

È difficile essere un santo in questa città. Mentre cammino verso casa, tra le luci che si spengono e le serrande che si abbassano, le parole di una canzone di Bruce Springsteen scritte a colori fluo sul muro di recinzione del liceo, diventano la colonna sonora di una sera, tra il principe dei mendicanti e il giocatore dei bassifondi, i saggi della metropolitana e il parcheggiatore abusivo all'angolo della strada. È così difficile essere un santo quando sei solo un ragazzo in città, canta il lavavetri siriano fermo al semaforo, in attesa di un sorriso, o almeno di un nichelino.

Penso a Marinella, al suo fermaglietto di Hello Kitty. Al velo da sposa che qualcuno ha posato sul legno chiaro del feretro. Il maestrale raccoglie dal mio viso le lacrime, le mischia con l'acqua del mare.

È tua questa canzone stasera, piccola mia.

Mare nero

Proprio non ci riesco stanotte a dormire, a farmi scivolare dalla pelle un'altra morte inutile. Stavolta non funzionano neppure i rimedi empirici di nonna Dolò. Camomille calde aggiustate col miele, gocce di valeriana, pensare a un ricordo felice. Forse ci vorrebbe un buon libro, o almeno un bel film alla tivvù, di quelle commedie americane in bianco e nero, oppure divertente con De Filippo e Totò. Faccio zapping tra i canali saltabeccando tra cantanti neomelodici e televendite di materassi, attraversando reality su spiagge e matrimoni, evitando le solite trasmissioni di cuochi assurti a maître à penser solo perché sanno fare bene le zucchine alla scapece. E va a finire che spengo, sempre più convinta che la televisione di oggi non è cosa per me. E se provo ad addormentarmi leggendo qualcosa, è meglio.

Cerco a tentoni sul comodino una rivista o un libro lasciato a metà, invece trovo altro. Qualcosa che, nella concitazione dei giorni scorsi, ho già dimenticato. È il faldone degli appunti universitari di Marinella Alvino, quello che ho portato con me dopo il sopralluogo alla sua stanza, incuriosita dal profetico terribile nome. MARE NERO.

Accendo l'abat-jour, metto un paio di cuscini dietro la schiena e comincio a leggere più per dovere che per curiosità, non so nemmeno io perché ho portato con me i compiti della ragazza, in fondo di biologia marina ci capisco ancor meno che di immersioni e forse sarebbe meglio che lo restituissi alla famiglia. Anzi, lo farò senza dubbio, infilerò il manoscritto in un plico e lo spedirò all'indirizzo di Otranto. Domani, o lunedì al massimo.

Non è l'uomo che deve battersi contro una natura ostile, ma è la natura indifesa che da generazioni è vittima dell'umanità.

JACQUES-YVES COUSTEAU

Comincio a leggere, la frase dell'esergo rimanda a vecchi sussidiari di scuola media, a certi documentari della Rai che guardavo con mio cugino nei pomeriggi di pioggia. Penso di risolvere tutto con un paio di pagine, invece resto inchiodata per tutta la notte a quella che non è, come ho creduto, una raccolta di appunti universitari, bensì un vero e proprio dossier sulla situazione ambientale pugliese e sullo stato del mare italiano, con un focus dettagliato sul mare Adriatico, il *mare nostrum*. Attraverso una scrittura limpida e incalzante leggo di meraviglie paesaggistiche e scempi inauditi compiuti a poche miglia di costa da qui, mi immergo nelle profondità marine scoprendo relitti inabissati da millenni o solo da pochi anni, configuro reati e traffici illeciti, apprendo storie che dovrebbero appartenerci ed essere studiate a scuola e invece ci sono completamente sconosciute, appongo note a margine da approfondire in seguito, digito con frenesia nomi e codici su Google. Ho la sensazione di giocare a una caccia al tesoro, ma i dati che appaiono sono talmente tanti che arrivo al mattino consapevole di quella che sarà la mia vita nei prossimi mesi, a costo di chiedere un periodo di aspettativa dal lavoro, al ministero della Giustizia da cui dipendo. Perché glielo devo, a 'sta ragazza. È il minimo dopo quello che Daria le ha fatto.

Pagina dopo pagina mi rendo conto della grandezza di quella che per tutti era una studentessa come tante, e che invece sarebbe diventata un'ambientalista di livello nazionale, se non una scienziata. L'irreparabilità della sua perdita e lo scempio di un delitto tanto crudele e inutile mi portano a fare quello che nella mia vita non ho fatto e ho creduto non avrei fatto mai. Un giuramento.

E nella prima luce del mattino, mentre dal mio letto guardo l'azzurro del mare, giuro a me stessa, sulla vita che ho e su quella che Marinella ha perduto, che il suo lavoro non sarà vano, che quel dossier un giorno sarà reso pubblico e che fino a quel giorno continuerò il percorso da lei incominciato. Studierò, cercherò, denuncerò. Salverò questo mare, e insieme me stessa e la mia terra. Dovrò lottare, ma non ho paura, è tutta la vita che lo faccio. Te lo devo Marinella, a te e a quel ragazzo che credeva in te, e aveva capito la stella che eri. Tu soltanto, non altre.

E stamattina non è certo il caffè a tirarmi su, ma il cronoprogramma di tutto quello che da oggi in poi mi toccherà fare.

Buongiorno, commissario Lolita.

Parte seconda

Lolita

All'ora di pranzo della domenica, come ogni città del Sud che si rispetti, Bari si divide in due metà. Quella dei fighetti che vanno a farsi il brunch con focaccia, ricci e vino bianco nei bar sul lungomare o si spingono con le cabrio e le moto fino a Savelletri o a Contrada Forcatella. E quelli che c'hanno la mamma con il ragù sul gas in cottura da tre ore almeno e la tovaglia bianca di fiandra e il servizio buono già messi sul tavolo dalla sera prima. Sono quelli per i quali la tradizione è un punto fermo, e la famiglia l'unica voce positiva del welfare italiano.

E io che sono tra questi, è lì che vado a fare una puntatina, a casa di mammà, pregustando già il mio piatto di orecchiette col sugo fresco. Invece trovo la sorpresa di un tegame di pastalforno alla barese, che pare una poesia per quanto è buona. Mammà mi spiega che Carmela stamattina ne ha preparati sette o otto per il battesimo del bambino di certi clienti suoi, e siccome erano avanzate settantacinque polpettine, un poco di ragù, tre mozzarelle, un etto scarso di mortadella eccetera, eccoti bell'e pronto il tegame. Di alluminio vintage, manco a dirlo. Probabilmente vietato dalle nuove regole della Comunità Europea ma mammà sulle pignatte per l'uso familiare non capisce ragione, si fa come dice lei e basta.

Poi però dopo il bis di maccheroni, le braciole di cavallo, le paste alla crema, il caffè e l'ammazzacaffè, voglia di sparecchiare non tanta ne tengo e per non sentire i lamenti di Carmela sul fatto che mi devono sempre servire e riverire, e che lei è sempre stata la cenerentola di casa, mi carico i ragazzini sul maggiolone e li porto a Torre a Mare a comprare il gelato.

Torre a Mare è un borghetto di pescatori a due passi da Bari, uno di quei posti antichi e senza tempo così numerosi qui in Puglia. Benedetti dal mare, dal blu, dalla pietra bianca, dal clima dolce.

Ed è lì che incontro Gennaro, seduto sui gradini di pietra del porticciolo, poco distante da me mentre lecca con gusto un cornetto fragola e panna, con la macchina fotografica appoggiata sul marciapiede e lo sguardo che insegue una Madonna che passa e la banda dietro che suona.

I nostri sguardi si incrociano, Gennaro esita ricordando le battute del nostro ultimo incontro. Gli sorrido con gli occhi, per farmi perdonare.

«Ciao.»

«Ciao commissario.»

«Lascia stare, niente titoli oggi. Qui sono soltanto Lolita. Non è credibile un commissario con la camicia stretch e la minigonna di jeans.»

«Seduto sui gradini e che mangia un gelato, per giunta.»

«Appunto.»

«Però giri con la scorta anche oggi, vedo. Sono i tuoi figli?»

Sorride mentre indica Michele e Pierluigi che giocano a pochi passi tirando calci a una lattina di Coca-Cola.

«No, sono figli di mia sorella. Di miei non ne ho.»

«Però ti somigliano.»

«Sì, me lo dicono tutti.»

«Sono belli.»

«Grazie.»

«Anche tu sei bella.»

Me lo dice con dolcezza, come se mi stesse regalando un fiore. E qui non riesco a rispondere, il viso diventa di fiamma, lo abbasso, cerco di celarlo tra i capelli. E di coprire le gambe, con il tessuto risicatissimo della gonna.

«Se fai così, sei ancora più bella. Ma non nasconderti ti prego, lasciati fotografare.»

«No...» Che però vorrebbe essere un sì. E Gennaro non è scemo.

«Dai, solo uno scatto.»

«Mi vergogno.»

«Di cosa?»

«Non lo so. Di tutto. Perché un conto è fare la spaccona coi delinquenti, un conto è quello che sei dentro.»

«E tu come sei davvero?»

«Timidissima.»

«Non si direbbe. Sei una che ti tira schiaffi dalle mani. Antipatica, il più delle volte.»

«Lo so, lo faccio apposta.»

«Perché?»

«Fai certe domande. Per il mio lavoro, no? Se dirigi la Sezione Omicidi di una città come Bari, in qualche modo devi mantenere le distanze, incutere un certo timore. A volte è un modo per vincere la timidezza. O per nascondersi meglio. Una specie di travestimento, ecco. Mi travesto da sceriffo per andare in questura.»

«Uno sceriffo con il tacco dodici. Mai visto prima d'ora neppure nelle fiction tivvù, ad ogni modo tu ci riesci benissimo. A volte sembri una sciantosa, a volte una ragazzina. Chi è davvero Lolita? Me lo sono chiesto molte volte e mi piacerebbe scoprirlo.»

«Uh, quante domande che fai, Gennà! Te l'ho detto l'altra volta, qui le domande le faccio io. E mo' scatta 'sta foto, sciamm'. Però coi bambini.»

«Come vuoi. Ragazzini, avvicinatevi un attimo. Ecco, mettetevi qui. Accanto a zia Lolita. Vi scatto un paio di foto.»

«Va bene. Facciamo i selfie? Lì ci sono i cinesi che vendono le mazze. Ne compriamo una? Dai zia, sì!!!»

«No no, facciamo proprio le foto.»

«Bambini, state un attimo zitti e obbedite. La mazza del selfie la compriamo dopo. Tu però Gennà, fammi venire bene. È un ordine.»

«Hai dubbi?»

«Certezze. Nelle foto vengo malissimo. Non sono per nulla fotogenica.»

«Lo vedremo.»

Gli scatti che Gennaro mi fa sono più d'uno. Con e senza bambini, in piedi, seduta, mentre mangio il gelato, sui gradini, appoggiata a una barchetta, mentre sorrido, faccio la boccuccia e dico ciao al mare. E vai a capire perché, ma mi diverto. Forse è domenica, fa caldo, e non so che m'ha preso. O perché mi piace Gennaro, come mi guarda, e un po' se ne sono accorti anche i bambini che quando ritorniamo a Bari mi sfottono con la storia del fidanzato.

«Zia, ma a te ti piace Gennaro?»

«No perché? Come ti viene in mente? E poi *a te ti* non si dice.»

«Ma se lo dici anche tu un sacco di volte... E comunque perché facevi la scema mentre quello ti scattava le foto.»

«Che c'entra, io posso, perché conosco le regole. E poi, voglio dire, quando mai ho fatto la scema?»

«Evvero zia, Michelino ha ragione. Facevi le mosse, ti toccavi i capelli... Quando sei a casa con la mamma e la nonna sei tutta diversa.»

«Ah sì, sono tutta diversa. Uhm, mi pare che non vi porto più a mangiare il gelato.»

«E invece ci porti. Sennò vedi che facciamo...»

«Voglio proprio vedere.»

Ma sbaglio, i ragazzini non andrebbero mai sfidati. E fino a Bari attaccano un coro che cristosololosà.

«Zia Lolita fa la scema con Gennaro, zia Lolita fa la scema con Gennaro, zia Lolita fa la scema...»

E se non la smettono, io questi due adesso li meno, be'.

Le navi dei veleni

1/La *Cavtat*

In ufficio tutto scorre lento, nonostante sia lunedì. Lo shock dovuto al drammatico epilogo degli omicidi di Luca Di Dio e Marinella Alvino ha steso un manto cupo sulla città. I delitti commessi ai piani alti impressionano molto di più dei regolamenti di conti tra bande rivali. Non basta il sole che da ieri è tornato a splendere a far dimenticare lo scempio di due morti assurde e la precarietà di certi rapporti amicali. Sono giorni in cui è inevitabile domandarsi chi è il collega con il quale ci stiamo pigliando il caffè e se potrebbe decidere di farci fuori dopo che abbiamo ottenuto una promozione. O se la dirimpettaia di casa nostra medita di sfregiarci con il vetriolo perché abbiamo comprato il salotto nuovo. Dopo certe tragedie ci si fida meno del prossimo, è inevitabile.

Sbrigo un po' di carte, c'è qualche documentazione da sistemare. Un po' di firme qui, qualche timbrino lì. Poi all'ora del caffè mi dedico alla lettura dei quotidiani. *La Gazzetta del Mezzogiorno*, il *Corriere, la Repubblica, La Stampa, Il Sole 24 Ore,* qualche testata locale. Sulle prime pagine l'emergenza ambientale occupa gran parte delle colonne. C'è la Xylella che sta decimando gli ulivi di Puglia, e l'incubo trivelle che, mentre è in corso un braccio di ferro tra il capo del governo e il nuovo presidente della Regione Puglia, minaccia di avvelenare il nostro bellissimo mare. Per fortuna i delfini, ignari di tutto, continuano a danzare.

La situazione attuale, ferme restando le cose, è allarmante. L'agricoltura pugliese è in ginocchio da mesi e le scene di disperazione dei contadini, che s'abbracciano agli ulivi secolari nel tentativo di opporsi all'espianto selvaggio, fanno male all'anima.

Per non parlare della corsa all'oro nero. Addirittura le Isole Tremiti sono a rischio dopo le autorizzazioni per la ricerca degli idrocarburi offshore. Bisogna essere matti per autorizzare la distruzione di questa millenaria grande bellezza. Proprio oggi Greenpeace ha reso noti i dati ufficiali forniti dal ministero dell'Ambiente: «Nei campioni sono stati trovati metalli pesanti e idrocarburi con valori che superano gli standard di qualità ambientale e i limiti fissati dalle norme comunitarie e tracce di sostanze cancerogene. Alcune di queste in grado di risalire la catena alimentare raggiungendo l'uomo e causando seri danni al nostro organismo.»

Ma vedi un poco vedi. Con il cuore appesantito ripongo i quotidiani e ripenso a Marinella, al faldone di appunti che mi ha tenuto inchiodata tutta la notte. La faccenda delle trivelle preoccupava non poco anche lei, aveva paura per il suo mare.

«Ma io ti proteggerò Maremio» scriveva. Con l'ingenuità di una bambina, come se parlasse a una persona cara. Tiro fuori il manoscritto dalla borsa, cerco la parte in cui si parla di trivellazioni in mare. C'è un adesivo bianco con un cigno verde stilizzato a segnare la pagina. Lo riconosco, è il logo di Legambiente. Cerco il capoverso corrispondente e leggo.

«Sono già ventitré le istanze dei petrolieri che interessano praticamente tutto l'Adriatico, con milioni di ettari richiesti e ulteriori istanze contigue per aggirare il limite imposto di una distanza minima di dodici miglia dalla costa» scriveva Marinella nel suo dossier citando come fonte il comitato No-Triv del quale era un'attivista convinta. «È una follia vera e propria» scriveva ancora con rabbia e passione a proposito delle Isole Tremiti, «concedere a una multinazionale la possibilità di cercare petrolio in una zona di mare di grande interesse naturalistico, meta di migliaia di turisti e appassionati di subacquea, provenienti da tutto il mondo. Mi fa male vedere violentato un luogo così affascinante, amato anche da Lucio Dalla che vi compose una delle sue canzoni più belle. *Com'è profondo il mare*» concludeva infine, citando la canzone e manifestando tutta la sua amarezza.

La passione è contagiosa e durante un'interminabile riunione con il questore, Marietta nella sua veste di procuratore capo, il prefetto eccetera, mi distraggo e non faccio che pensare a *Mare nero,* a quando potrò immergermi nelle sue pagine. E quando in pausa pranzo me ne vado sulla Muraglia a mangiare bruschette, focaccia e mozzarella guardando il mare, lo porto con me per proseguire nella lettura.

La storia che Marinella racconta ha radici lontane, parte dal 1974 e ha uno strano nome che ai più non dice nulla, manco a me, a dire la verità. Mi accorgo sin dalle prime battute di quanto l'*ignoranza,* nel senso letterale del termine, sia un fatto gravissimo.

Cavtat

La parola in grassetto è cerchiata con un colore a spirito nero, eppure nel suono dolce che rimanda ad azzurre spiagge croate non lascia intuire il disastro che nasconde. Come nulla lasciava presagire quell'alba calda del luglio 1974, a soli due mesi dalla mia nascita. E ditemi voi se non si tratta di un gioco del destino.

«Nelle prime ore del 14 luglio 1974, due navi straniere si incrociano al largo di Capo d'Otranto. Sono la *Cavtat,* mercantile jugoslavo, e la *Lady Rita,* battente bandiera panamense. La nave slava era partita un paio di settimane prima dall'Inghilterra, più precisamente dal porto fluviale di Manchester, trasportando 2800 tonnellate di carico dichiarato come ferraglia e materiale chimico non definito. Nella realtà conteneva una vera e propria bomba ecologica: ufficialmente 270 tonnellate tra piombo tetraetile e tetrametile, chiuse in 909 bidoni trasportati per metà sopraccoperta e per l'altra metà nelle due stive. Più probabilmente anche armi chimiche destinate alla guerra di Cipro che si combatteva proprio in quei giorni.

«Alle ore 4.12 del mattino alle coordinate 40° 04′ nord di latitudine e 18° 31′ est di longitudine, la *Lady Rita* sperona la *Cavtat* e s'infila di prua nella fiancata del cargo jugoslavo. I danni che ne conseguono sono limitati e non lasciano margini a un affondamento. Eppure quello che accade poco dopo è inspiegabile, se non tenendo conto del carico che la nave aveva a bordo. Intanto non è diramato alcun Sos, ma quando nei minuti successivi all'impatto il comandante della *Lady Rita* offre il suo soccorso al comandante della nave lesionata, quest'ultimo, dopo un lungo consulto con l'equipaggio della *Cavtat,* rifiuta ogni soccorso adducendo problemi preesistenti con la dogana italiana, nonostante sarebbe sufficiente al massimo un'ora di tempo per rimorchiare la nave nel porto di Otranto. L'imbarcazione, vicinissima alla costa, viene lasciata affondare e si inabissa in poche ore con il suo carico mortale, secondo un disegno preciso, o almeno questo è ciò che dichiarano alcuni testimoni dell'epoca. Quasi certamente l'affondamento avvenne a causa degli oblò e delle valvole Kingston aperti in seguito all'impatto. Questo particolare spiegherebbe l'anomalia di una nave mercantile affondata di poppa quando invece la falla si era prodotta fra il centro e la prua della fiancata destra.

«Che la *Cavtat* nascondesse segreti ancor più imbarazzanti di quei 909 fusti tossici?» si chiedeva Marinella sottolineando la nota a margine del foglio con una penna rossa.

«APPROFONDIRE/INDAGARE» scriveva poi, a lettere maiuscole. E mi fa tenerezza, questa piccola Don Chisciotte che non c'è più, che aveva vent'anni e non temeva di mettersi contro poteri forti e organizzazioni mafiose e trascorreva il suo tempo libero pensando alla tutela del mare e dell'ambiente, anziché a pittarsi le unghie insieme alle amiche.

Vado avanti con la lettura, ho ancora dieci minuti di tempo a disposizione. C'è una brezza piacevole che mi scompiglia i capelli e un pescatore che mi porta tre ricci di mare già aperti. Tre a Bari è il numero perfetto, tre come le palle d'oro di san Nicola.

Allungo due euro al pescatore, raccolgo la polpa dei ricci con un pezzettino di focaccia e continuo a leggere. La vicenda è a suo modo affascinante, seppur inquietante sotto molti profili. Inoltre, a ogni rigo continua a sorprendermi che questo episodio, insieme al recupero dei fusti, definito dall'enciclopedia *Navi e Marinai* «la più grande operazione ecologica di ogni tempo», sfugga ai più. Me compresa.

«A tutt'oggi» scriveva ancora Marinella, «la vicenda è opaca. In seguito all'affondamento, si rischiò un disastro ambientale senza precedenti, dato l'alto potere inquinante del materiale contenuto nei fusti. Sia perché tossico, sia perché biologicamente attivo. Lo stesso Istituto Superiore della Sanità, nei primi mesi del 1976, attestò il pericolo di avvelenamento dell'intero mare Adriatico, con conseguente danno biologico sulla popolazione. Finalmente nel gennaio 1977 dopo due anni di silenzio, indifferenza e atti secretati, grazie alla battaglia sostenuta dall'allora pretore di Otranto, il governo italiano e il presidente del Consiglio Giulio Andreotti deliberarono un disegno di legge che stanziava dieci miliardi di lire per finanziare l'attività di recupero.

«L'operazione, che andò avanti per mesi e fu documentata da Jacques Cousteau, oceanografo francese di fama mondiale, portò al recupero ufficiale di 863 fusti ancora intatti. Di questi, 20 vennero ritrovati vuoti e 81 presentavano una parziale fuoriuscita del liquido a causa della lunga permanenza in mare. Facile tirare le conclusioni.

«Oggi la *Cavtat* giace a novantatré metri di profondità insieme a 46 barili che mancano all'appello e che sono ancora sottocoperta in angoli rimasti inaccessibili per i sub. La sua àncora è stata posata sul Molo Sant'Antonio nel 1996, a memoria del disastro.

«Il pericolo rappresentato ancora oggi, a quarant'anni dall'affondamento, da quei bidoni pieni di veleni rende comprensibile l'ordinanza della competente capitaneria che vieta la navigazione, la sosta e le immersioni in quel tratto di mare. Uno dei più belli della Puglia e dell'Italia intera.»

Sono le quattordici e trenta in punto quando finisco di leggere il capitolo dedicato alla *Cavtat*. La mia pausa pranzo per oggi è terminata. Mi chino a raccogliere un foglietto volante che sfugge mentre rimetto in borsa il dossier e per fortuna leggo una buona notizia che doveva piacere molto anche a Marinella, visto che è sottolineata allegramente con un evidenziatore fucsia.

«A distanza di più di vent'anni dalle prime proposte in materia» recita il testo, «nel maggio scorso il parlamento ha approvato una riforma in materia di diritto penale dell'ambiente. Tra le modifiche inserite nel codice penale, vi è un nuovo titolo dedicato ai Delitti contro l'ambiente, dove vengono introdotte cinque figure delittuose:

- inquinamento ambientale (art. 452 bis, aggravato ai sensi dell'articolo successivo quando dall'inquinamento siano derivate morti o lesioni);
- disastro ambientale;
- traffico e abbandono di materiale radioattivo;
- impedimento di controllo;
- omessa bonifica.»

Nonostante la buona nuova legislativa, torno in questura con un senso di disagio addosso, anche perché sono consapevole di essere solo all'inizio. Il faldone di Marinella è composto da almeno quattrocento pagine che dovrò studiare una per una, e tremo all'idea dello scempio che leggerò e che è stato perpetrato ai danni del territorio e di noi stessi, per colpa delle connivenze politiche, dell'approssimazione di chi doveva sorvegliare e con la complicità del nostro essere ciechi. Abbiamo creduto che la bomba ambientale pugliese si chiamasse Ilva e che, poiché era sita a Taranto, non ci riguardasse da vicino. Invece, in seguito alle recenti dichiarazioni di Carmine

Schiavone, pentito del clan dei Casalesi, Marinella nel suo dossier sosteneva che il pericolo potrebbe nascondersi ovunque. In provincia di Bari, nella discarica Martucci tra Conversano e Mola, a Supersano in Salento, e in molti altri siti non ancora resi noti. Fanghi nucleari, fusti di toluene, interi container imbottiti di scorie radioattive provenienti dalla Germania, dalla Toscana, dalla Lombardia e poi smaltiti nel Mezzogiorno negli anni Novanta in maniera del tutto illecita, a contaminare le falde acquifere e le coltivazioni agricole. Penso con amarezza a tutti quelli che come me sono certi di aver contribuito a salvare il pianeta solo perché mettono il bidoncino della raccolta differenziata fuori dalla porta di casa e mi metterei a piangere.

Ma adesso non si può, tra dieci minuti ho un'altra riunione e un mal di testa che m'è venuto a leggere 'sto dossiè.

Menomale che stasera tengo la prima lezione di burlesque. Almeno mi riposo un poco il cervello.

Gennaro

A voler esser onesti, la prima lezione del corso di burlesque si è rivelata surreale e divertente oltre ogni previsione, complice anche l'abbigliamento con il quale è obbligatorio bardarsi per una riuscita migliore. Ovunque ti giri vedi corsetti stringivita, piume e ventagli, bocche rosso fuoco, calze con la riga, occhi bistrati con l'eyeliner, stiletti di satin. Per non parlare di donne di mezza età non bellissime e in sovrappeso che mostrano allegramente cosce, culi, pance e panciere. Aveva ragione Marietta, a voler fare paragoni qui l'autostima ti aumenta eccome.

Il clima è a metà tra una performance erotica e una riunione Tupperware nell'America anni Cinquanta. È tutto un mugolio di gattone tra un «aò mangiamoceli 'sti uomini» e un «ragazze vi voglio più spudorate» gridato dalla coach a due sessantenni platinate vestite con una tuta di latex leopardata, mentre nel frattempo si disquisisce sull'annosa questione se mettere o no la zucchina nel riso patate e cozze.

Non so se imparerò qualcosa, ma per lo meno si ride. Il problema piuttosto è la bottiglia di vino bianco con cui io e l'amicamia abbiamo chiuso la serata.

E il cerchio di ferro che domattina mi azzannerà la testa.

Negli ultimi fuochi di un'estate che non accenna a finire, a quest'ora le massaie di Barivecchia accendono le fornacelle sul lungomare e preparano le griglie con gli arrosticini da cuocere sulla brace. Mentre cammino fino a casa controllo messaggi e telefonate, tra riunioni e missioni lunghissime non ho avuto il tempo di rispondere a nessuno. Richiamo mia madre, Marietta, l'estetista. La libreria. L'amministratore del condominio che mi ricorda l'assemblea di giovedì prossimo.

C'è anche un messaggio di Gennaro.

Ciao commissario, ho sviluppato le fotografie che ho scattato domenica. Se ti va di vederle fammi sapere dove e quando.

Digito una risposta veloce.

Devi dirmi come sto, prima. Poi decido.

Il messaggio arriva dopo mezzo secondo.

Sei bellissima in tutte, ma su questo non avevo dubbi.

Finiscila, lo sai che con me non attacca. Passa da casa dopo le nove.

Obbedisco.

Sarà l'aria di mare, questa luna bellissima che si colora di rosso all'orizzonte, o la seduzione del burlesque, ma stasera ho voglia di allegria, di tenerezza e forse anche di un pizzico di follia. L'idea si materializza man mano che arrivo a casa, in tempo per passare dai banconi 'ndèrr a la lànz a comprare qualcosa.

Impasto una focaccia, metto un disco di Capossela, una bottiglia di rosato nel freezer, poi faccio una doccia, chiamo Gennaro e lo invito a cena.

Stasera cucinerò per lui. Linguine al nero di seppia, merluzzetti fritti e una caponatina, se mi riesce. Per il dopocena improvviserò.

E però per la caponatina conviene chiamare Salvuccio mio, perché come le cucina lui certe cose, nessuno mai.

«Pronto?»

«Pronto, Montalbano sono. Chi è all'apparecchio?»

«Ciao Salvo, sono Lolita. Ti disturbo?»

«Lolita, bedduzza. Da quanto tempo! E come stai a Salvo tuo, come stai?»

«Bene, diciamo. Nel senso di come si può stare a Bari se fai il commissario della Omicidi.»

«Ho capito, il lavoro in certi ambienti non manca nemmeno dalle parti tue. E poi ci vengono a parlare di disoccupazione al Sud.»

Montalbano ride di gusto. È diventato più spiritoso, è diventato. Sarà l'età.

«Tutto bene allora? E come mai mi chiamasti?»

«Mi serve una ricetta siciliana, una delle tue, che cuoco eccellentissimo sei.»

«Troppo buona, Lolita. Quella è Adelina che m'ha insegnato. E che ricetta ti serve? Gli arancini, le sarde a beccafico o la pasta 'ncasciata? E soprattutto, a che cosa ti serve? Perché voi donne siete pericolose in cucina e quando vi armate di pentole e fornelli tenete in testa una cosa sola.»

«E quale sarebbe 'sta cosa, fammi capire?»

«Non fare l'ingenua, Lolì. Quella di stendere un omm'. In un letto, si capisce. Dimmi se mi sbagliai.»

«Guarda, se non fosse che siamo amici e ti voglio bene, ti chiuderei il telefono in faccia adesso stesso, ma stavolta ti perdono perché...»

«... perché c'ho preso, nè? Dillo a Salvuccio tuo.»

«Vattìnn. Però 'na mezza idea lontana ci può pure stare. Dipende dagli sviluppi. E comunque io cucino tutti i giorni, ti voglio dire. Per gli uomini o senza. No, invece ti perdono perché mo' stesso mi serve la ricetta della caponatina tua. Al forno, però. Che di friggere stasera non c'ho tempo.»

«Mì, io non capisco. Prima t'innervosisti, e poi ti mittisti a bistimmiare. La caponatina al forno? Ma quando mai? Le melanzane vanno fritte, un poco alla volta. Devi sentire le influenze more quando l'assaggi. A Bari, come in Sicilia. Che la dominazione araba pure voi l'aveste. Se le friggi, la caponata buonissima è. Sciavurosa, colorita, abbondante. Altrimenti non è caponata, è 'na cosa tristissima. Un piatto da ospitàle.»

«Grazie, lo so che così è buonissima. Fritta, viene buona pure la soletta delle scarpe. È che non c'ho tempo stasera, e poi mi appuzzisco la casa, per non parlare dei capelli. Comunque dai, poi vediamo. Tu dammi la ricetta tua, poi mi regolo. Che ci metto?»

«E che ci metti? Mittìci una tazza di salsa, una cipolla rossa, il basilico, un bel pugno di olive bianche, tre coste di sedano, due cucchiai di capperi, un paio di melanzane, una tazzina di aceto, una tazzina di zucchero, due pugnate di mandorle tostate. Tagli le melanzane a dadini, le fai ammollare in acqua e sale, poi le friggi. In una bella padella soffriggi le olive, i capperi, il sedano, la salsa di pomodoro. Poi conzi tutto con l'aceto e lo zucchero, ci mitti anche le melanzane e lasci insaporire nel sugo a fuoco lento. Aggiungi le mandorle, un poco di pinoli e te la mangi. Fredda e riposata è una cosa fina. Ma tu tieni fretta, mi pare di capire.»

«Tengo fretta, sì. Grazie Salvù, ci proverò.»

«E di cosa, grazie? Non te lo scordare che ti aspetto in Sicilia, eh.»

«No che non me lo scordo. Uno di questi giorni vengo a mangiare la caponata tua. Un bacio.»

«Ti aspetto. Però se lo dici così, figghiuzzamia, mi fai vinìre certi pinzèri... Dai, un bacio pure a tìa, Lolita bedda mia.»

Almanacco un po', poi però mi metto a friggere, le cose mi piace farle per bene, e se le foto di Gennaro sono belle, è giusto che ricambi il favore.

Ripenso a tutte le volte che ho cucinato per un uomo, Stefano, Michele, Danilo, Giovannimio, Lorenzo. Alle volte che è andata bene, a quelle che non è servito a niente. Su Gennaro non voglio fare progetti, vero è che lui non mi dispiace, non so dire neppure perché, sarà la chimica, e poi la solitudine è brutta, è brutta assai.

Tra lettura e frittura, ché il manoscritto di Marinella ce l'ho sempre sotto mano, si fanno più delle nove e, quando Gennaro suona alla porta, tengo tutto già pronto. Tavola, vino, nero di seppia per condire la pasta, caponatina, capelli fatti. Allestimento personale. La matita sotto gli occhi, un poco di ombretto, il profumo. Il lucidalabbra. Un vestituccio incrociato di cotonina nera, e niente di più. Ma tutto studiato al millimetro, perché la scuola di burlesque, ha ragione Marietta, alla fine qualcosa ti insegna.

Il ragazzo è garbato, si presenta puntuale con un vassoio di paste e una rosa rossa. Abbozza pure un piccolo inchino, io invece taglio corto e lo metto ad affettare il salamino per l'aperitivo. Giusto per capire di che razza è: vegano, vegetariano, onnivoro come piace a me. Gusta ogni cosa, s'informa sui piatti, s'appunta le ricette. Poi, mentre dal terrazzino guardiamo il mare mangiando fichi secchi e bevendo una crema di limoncello ghiacciato, mi mostra le foto.

E lì perdo le parole, perché bella come m'ha fatto Gennaro, non m'ha fatto mai nessuno. Neppure mia madre. Guardo le immagini ed è come ritrovarsi, dopo tanto tempo. Mi riconosco in ogni fotogramma, nelle espressioni che mai nessuno fino ad ora era riuscito a fermare, finalmente qualcuno mi guarda come mi vedo io. Bambina malinconica, sempre in cerca di qualcosa che ho perduto. O che non ho ancora trovato. Mi accorgo che è riuscito a fotografarmi l'anima, a rendere il mio sguardo, il mio nascondermi, la timidezza, l'ironia, la sensualità. Gli scatti sono tanti, nessuno uguale all'altro. Come se ci fossero tante Lolita diverse. Riconosco l'artista, non più il fotografo. Intravedo il sognatore e il visionario, leggo codici che mi appartengono.

Poi non so cosa accade. La sua bocca ha sapore di sigaro e limone. Le sue dita toccano, aprono, entrano. Lo lascio fare, mi tira, mi attira, mi porta dentro, sul divano. Slaccia la vestaglietta, me la toglie. Mi bacia ancora, mi tocca, mi prende. Ho il suo respiro dappertutto. Non ho voglia di lottare, solo di arrendermi a lui, ai suoi colpi che mi fanno battere il cuore e rimbombano nel cervello. Bum bum bum. Perdo la cognizione del tempo, pochi minuti o mezz'ora in cui non so cosa accade, Gennaro si sfila da me, ma io lo voglio ancora, lo imploro di tornare, sto impazzendo dal piacere e dalla voglia.

«Sei bellissima in questo momento. Femmina come forse non ti sei vista mai.»

Non sono in grado di capire, so solo che brucio dalla voglia di averlo ancora su di me, dentro di me.

«Vieni qui, non te ne andare. Ti voglio, Gennà.»

«Sono qui, non ti lascio. Fatti fotografare adesso, con il sangue acceso che ti illumina la pelle. Con gli occhi liquidi di passione e i capelli sciolti dell'amore. Sei bellissima, voglio che ti guardi come sei in certi momenti, come ti ho sorpresa io talvolta mentre guardavi lontano e inseguivi sogni e pensieri.»

«... fotografarmi adesso? Così? Tutta spogliata...»

«Sì, così. Ancora calda di me. Con i capelli scarmigliati e le labbra rosse. Discinta di sesso. Fermare l'immagine del tuo lato selvaggio che celi dietro la timidezza. Solo per me, Lolita. Solo per noi.»

Non so dirgli di no, tutta colpa del vino o di quel mare nero che mi tira a fondo, dal quale cerco di scappare. Quello che so è che lo lascio fare, mi lascio fotografare il viso, gli occhi, e non solo. Come le modelle degli impressionisti francesi, che si lasciavano amare e ritrarre nello stesso momento, per questo sono tanto belle, racconta Gennaro mentre continua a scattare con una vecchia Leica con il rullino.

Poi mi chiede di travestirmi da burlesque, di ballare per lui mentre continua a scattare, a scattare. Di giocare con la sedia e le piume di struzzo. Mentre sono ubriaca di vino, di tango e di lui.

Il giorno dopo tutto è difficile, e quando realizzo ciò che è accaduto, il sesso, le foto, le barriere completamente cadute, sono annientata dalla vergogna. Stamattina non ce la faccio ad alzarmi, a pensare, ad andare in ufficio e fare finta di niente. A rispondere a Gennaro che continua a telefonare. O a Marietta, che vorrebbe sapere.

Il mal di testa mi martella le tempie, non sono in grado di andare in questura. Avviso Forte che non sto bene e prendo un giorno di malattia, poi chiudo gli occhi e annego nel buio. Resto in trance fino alle due, quando con un paio di caffè ristabilisco l'ordine delle cose e la mia lucidità. Vabbè, ho fatto le foto. E che sarà mai? Basterà strappare tutto e farsi dare i negativi. Sennò a questo Gennaro lo arresto, altroché.

Le navi dei veleni

2-3/La *Alessandro Primo* e la *Eden Five*

Il mal di testa sparisce dopo il terzo caffè, ma non c'ho voglia manco di alzarmi. Sono tutta indolenzita. Ieri sera devo aver preso freddo, oppure è che non ho più l'età per fare bagordi, e a quarantanni anche una notte d'amore ti scianca.

Il dossier di Marinella occhieggia dal comodino. I toni di accusa verso le istituzioni sono tali che arrivano fino a me, a scuotermi dal torpore. Passerò il resto del giorno a leggere, a studiare, a inquietarmi. Non avevo idea dello scempio, ma adesso che so, non posso più ignorarne l'urgenza.

«Dalla *Cavtat* in poi, numerose navi dei veleni si sono inabissate nel mare Adriatico, in circostanze misteriose. Si parla con certezza di almeno una trentina nel mare compreso tra le Isole Tremiti e il Salento, dieci solo nel tratto tra le Diomedee e il Gargano, ma potrebbero essere molte di più. Esistono mappe dettagliate realizzate dalla marina militare italiana che segnalano con un minimo beneficio di approssimazione navi cariche di rifiuti tossici, bombe chimiche Usa e ordigni radioattivi alleati in quel tratto di mare. Vieste, Bisceglie, Molfetta, Monopoli, Torre Canne, Brindisi, Otranto, Gallipoli, Porto Cesareo. Quello che si sa con certezza è che né il governo centrale né quello regionale hanno mai adottato alcun provvedimento di messa in sicurezza e bonifica a tutela delle acque territoriali e della salute della popolazione che spesso si nutre con il pescato della zona. La tecnologia rende possibile accertare la presenza nelle profondità marine di una nave e del suo carico, perché dunque i governi non si sono posti il problema della salute pubblica? E il principio di precauzione dovrebbe essere un diritto inviolabile dei cittadini? E perché l'atto d'accusa di un deputato italiano nell'autunno del 2009, che parla di accordi tra governi internazionali per affondare le scorie radioattive, resta inascoltato?»

Le domande che Marinella pone nel suo dossier a un interlocutore immaginario sono sottolineate in rosso, e ripetute più volte. Come doveva sentirsi questa piccola donna davanti allo scempio perpetrato all'ambiente per decenni e occultato da segreti militari e di Stato, da documenti importanti e verbali di commissioni bicamerali su rifiuti ed ecomafie secretati, dalla connivenza criminale di chi era pagato per proteggerci?

Sorrido amaro al pensiero delle giovani mamme e dei nonni premurosi che tutte le sere affollano i mercati del pesce lungo la costa, in cerca del merluzzetto fresco da dare al bambino. Che fa tanto bene e se si mangia anche il fegatino cresce più intelligente e pure bravo in matematica, come sosteneva mia nonna Dolò imboccandomi a forza con quella poltiglia grigiastra. E non lo sanno quelle mamme e quei nonni che, insieme alla pastina e al brodetto, li imboccano con il veleno i loro piccolini?

Pagine piene di misteri, di navi fuori rotta, affondate senza lanciare nessun Sos: duecento dagli anni Settanta, in tutto il mar Mediterraneo: carrette del mare dimenticate sui fondali, tra Adriatico, Ionio e Tirreno. Per rendersene conto è sufficiente esaminare i registri dei sinistri marittimi in possesso della guardia costiera.

Pagine piene di 'ndrangheta e servizi segreti.

Di interessi di Stato per lo smaltimento internazionale di rifiuti tossici.

Di fusti pieni di materiale tossico o radioattivo spiaggiati sul litorale dopo le mareggiate.

Di reti impigliate nei *cassoni*, di marinai morti.

Dell'*Orca Marina* di Manfredonia affondata nella primavera del 1998, e di Cosimo, un ragazzo che non c'è più.

Di droni, missili e container sommersi fotografati dai sommozzatori, e mappati dai motopescherecci della zona per evitare incidenti.

Di filmati coperti da segreti militari e di ministri che tacciono.

Di container di scorie nucleari che stazionavano nel porto di Bari in attesa di essere affondati con la complicità dello Stato.

Di discariche sommerse usate dalla criminalità organizzata e dai governi, riempite di uranio impoverito, rifiuti tossici e radioattivi, che a distanza di molti anni continuano a uccidere forme di vita marine ed esseri umani.

Una realtà da far rabbrividire, qualcuno da decenni ha dichiarato guerra al nostro mare e noi non lo sapevamo. O forse sì, ma non lo abbiamo capito in tempo, quanto era vero. Cantavamo distrattamente «*così stanno bruciando il mare / così stanno uccidendo il mare / così stanno umiliando il mare / così stanno piegando il mare*» e credevamo che fosse solo una canzone.

Mare nero prosegue ancora, sempre più dettagliato nella sua geografia di ecoreati.

«All'inizio del febbraio 1991, la *Alessandro Primo*, una nave cisterna di nazionalità italiana adibita al trasporto di prodotti chimici, affondò al largo di Molfetta con un carico di 3550 tonnellate di rifiuti tossici prodotti dall'Enichem, tra dicloroetano e acrilonitrile. Solo una minima parte fu recuperata dopo l'incidente. La nave proveniva da Gela in Sicilia ed era in viaggio verso Ravenna.

«La causa dell'affondamento, un profondo squarcio nella chiglia forse dovuto a uno spostamento dei container stipati nelle stive, venne attribuita ufficialmente dall'autorità marittima all'imperizia del comandante, in totale difformità con i dati tecnici che testimoniavano una notevole instabilità dell'imbarcazione, tale da rendere possibile un "ingavonamento" ed escludendo dunque la responsabilità del comandante. Fu avviata un'indagine della magistratura e in seguito al devastante inquinamento chimico, la zona venne interdetta per pesca e immersioni entro le dieci miglia dal relitto. Ancora oggi e dopo venticinque anni, le cause dell'affondamento restano oscure.»

«E poi ancora» prosegue Marinella, «l'incredibile vicenda della *Eden Five,* una nave varata in Giappone nel 1969 con 3119 tonnellate di stazza e 95 metri di lunghezza, incagliatasi senza lanciare alcun Sos nel dicembre 1988 in Contrada Morella a Marina di Lesina, sulle rive del Parco nazionale del Gargano, dove ancora giace nell'indifferenza delle istituzioni nonostante un'interrogazione parlamentare del 2/2/2007 ai ministeri dell'Interno, della Salute e dell'Ambiente. Le indagini svolte nell'immediato si rivelarono ben presto infruttuose, e non si è mai riusciti a risalire né all'armatore né al proprietario del mercantile che aveva cambiato molti nomi e nazionalità nel corso degli anni, oltre a essere affondato più volte e rimesso in sesto. Ancora oggi a distanza di quasi trent'anni, la nave risulta battente bandiera sconosciuta. I documenti maltesi ritrovati a bordo si rivelarono falsi. La nave, che non è mai stata reclamata e non compare su alcuna mappa, fu inoltre ritrovata priva di dotazione di bordo e di qualsiasi carico eppure, attorno all'imbarcazione e per un raggio di tre chilometri sul litorale, giacciono 123 barili arrugginiti e maleodoranti, ma potrebbero essercene moltissimi altri sepolti sott'acqua lungo i quasi cento chilometri di costa. Nella zona circostante i vigili dell'Azienda sanitaria Foggia/1 ritrovarono due tonnellate di rifiuti radioattivi e così fu dichiarato nei documenti ufficiali: "Nei cumuli di scorie radioattive abbiamo rilevato 1700 becquerel [unità di misura della radioattività] per chilogrammo di sostanza, sedici [volte] oltre la soglia di rischio per l'essere umano stabilita convenzionalmente in 100 becquerel." Dagli archivi degli ospedali locali emergono inoltre patologie inquietanti sulla popolazione del Gargano e di Capitanata. Leucemie mieloidi e tumori alla tiroide superiori del 50 per cento alla media nazionale.»

Chiudo il dossier agghiacciata per l'orrore che leggo e apro le finestre. Ho fame d'aria.

La luce del tramonto illumina i contorni della mia stanza da letto, spazza via il nero e porta l'odore del mare fin qui insieme al suono dolce delle onde e a quello stridulo dei gabbiani. Non mi sono mossa da ieri notte. Ore intere passate sul letto a leggere e studiare, circondata da fogli e foglietti volanti. Post-it colorati con la grafia di Marinella. Dati da verificare, nomi, accuse. Casi che rimandano ad altri casi, come in un gioco di scatole cinesi. Una carta geografica ripiegata in quattro, disegnata a matita da lei stessa. Tanti luoghi, tante croci. Dal Libano alla Somalia, da Cipro alla Jugoslavia a Beirut. Passando per Livorno, Ravenna, La Spezia, Reggio Calabria.

Gli appunti sparsi che ho davanti a me mi fanno pensare ai taccuini spariti di Ilaria Alpi, anche lei seguiva la pista dei rifiuti tossici prima di essere uccisa. Rappresentano la parte finale di *Mare nero*, quella che Marinella non ha fatto in tempo a scrivere, quella che ho giurato di completare al suo posto.

Ricopio alcune tracce sulla mia agenda. Titoli di libri, link di articoli e documentari per approfondire. Nomi.

Cerco su Google, ne digito alcuni. Ilaria Alpi, Miran Hrovatin, l'operatore della Rai che l'accompagnava nell'ultimo viaggio, il comandante Natale De Grazia di Reggio Calabria, trentasette anni, una moglie, due bambini, perito di parte per la procura di Reggio Calabria. Morto avvelenato non si sa per mano di chi, per aver scoperto qualcosa. Vengono fuori le loro storie, si incrociano con le altre che Marinella ha già raccontato.

I loro volti, giovani e di belle speranze, si sovrappongono a quello da bimba di Marinella. E mi viene in mente una leggenda che qualcuno mi ha raccontato tanto tempo fa. Secondo il Talmud ogni generazione conosce trentasei *lamedvavnikim*, ossia trentasei uomini saggi dalla cui condotta dipende il destino dell'umanità e che vengono sostituiti dopo la morte. Ecco, mi piace pensare che lei, Ilaria e Natale, siano tra questi. Tre di quei Giusti assegnati alla nostra generazione per liberarci dal Male.

Mi ritrovo a piangere sui fogli, non so neppure io se per il dolore o solo per la stanchezza.

L'ultimo appunto di Marinella è scritto su un post-it color verde acido. Lo trovo stamattina tra le lenzuola mentre rifaccio il letto. Ieri sera dev'essermi sfuggito mentre riponevo tutto in una cartellina. C'è scritto un nome: Nostra Signora di Bonaria. Corrisponde a una Madonna cagliaritana, la madre di Gesù, protettrice dei marinai. Chissà perché la ragazza se lo era appuntato. Forse aveva in mente un viaggio. Sotto c'è anche un numero, 4516. Forse un prefisso telefonico, chissà. E poi Ba. Che può stare per Bari, o per altro ancora.

Ah vedi, a proposito di telefoni, quando finisco di rifare il letto, mi devo ricordare di chiamare Marietta. Chi se la sente quella, se mi scordo di raccontarle com'è andata con Gennaro.

A mezza mattina, io e l'amicamia riusciamo a prenderci un caffè. Sarebbero cose di lavoro, dobbiamo parlare di certi fascicoli secretati riguardo un'indagine incrociata tra procura e polizia, ma alla fine ci scappano le confidenze. E poi Marietta stava bollendo da ieri sera per la voglia di sapere.

«E allora, ti sei sbilanciata fin dove?»

«... fino a tutto, diciamo.»

«Tuttotutto?! La prima sera??? Tuseipazza.»

«Mariè, quale pazza. Il fatto è che ho già quarantanni, non te lo scordare. Tutte queste opportunità non le vedo, principi in giro, neppure. Eppoi certe cose mica le devo andare a raccontare a mia madre.»

«Chettidevodire Lolì, contenta tu. E lui, quanti anni ha?»

«Trentotto.»

«Più giovane quindi.»

«Capirai che sono due anni.»

«Che c'entrano i due anni, è un fatto di maturità. A quell'età tu sei una donna fatta e lui un ragazzino. Prendi Nicola, invece...»

«Ah, cacchio. Mo' Nicola sarebbe quello maturo? Stiamo a

posto, stiamo. E comunque a me i sessantenni non piacciono. Mettiti l'anima in pace.»

«Quindi ti piace 'sto Gennaro, devo dedurre?»

«Può essere, ma non ho ancora deciso se mi piace lui, o l'idea che ho di lui.»

«Decodifica per piacere, quando parli così in orari di ufficio non riesco a seguirti.»

«Mariè, è che a volte un incontro è una possibilità d'amore. Non un flirt, solo una conquista volante, una liaison transitoria. Proprio una possibilità di grande amore, come se per un attimo ci fossimo capiti al volo e insieme avessimo proiettato nella mente anni futuri, anni di straordinaria felicità. Ecco, con Gennaro è successo così. È una possibilità, forse un momento. Non lo so ancora. Ma ho deciso di viverla. Dio solo sa quanto ne ho bisogno.»

Marietta è scettica, scuote il capo mentre continua a girare lo zucchero nella tazzina senza decidersi a bere. Le labbra sono una linea sottile di riprovazione.

E io che non tollero la morale a doppio binario e non prendo lezioni da chi si tiene stretto il marito e pure l'amante, sopporto ma friggo. E potrei sbottare da un moment' all'altro.

«Certo che sei strana, Lolita. Ti metti a parlare di Dio quando in quel Dio non ci credi. Non ti capisco.»

«Mariè, lo faccio perché probabilmente lo conosco meglio di te, fidati.»

«Cosa vuoi che ti dica? Chiediamo il conto, che è meglio. E che Dio te la mandi buona, almeno stavolta.»

«Amen.»

Nei romanzi gialli che leggevo da ragazzina, il protagonista era sempre uno solo. Combatteva il mistero e l'inquietudine cercando di mettere ordine alle cose e riparare le ingiustizie compiute dagli altri. Forse ne ho letti tanti solo per diventare quella che sono. E anche se non sono un personaggio letterario, ma solo un poliziotto vero, cerco di farlo, per come posso. Cerco di ristabilire il senso di giustizia. E quando non ci riesco, perché mi sfuggono gli indizi, o perché qualcuno cerca di fermare la verità, faccio sangue acido. Il dossier di Marinella posato sulla scrivania è come lo squillo della sveglia al mattino. Solo che non smette mai, non si riesce a spegnerla. Il fatto è che non so da che parte incominciare, non è come indagare su un singolo omicidio, qui hanno ammazzato il mare, e insieme chissà quanti di noi. E quanti ancora ne ammazzeranno. Leggo, rileggo, torno indietro. C'è qualcosa che continua a sfuggirmi: quel nome, quell'ultimo appunto segnato su un post-it. Nostra Signora di Bonaria, insieme alle cifre 4516.

Interrogati sull'argomento neppure Esposito e Forte sanno che pesci prendere. Non hanno neppure una vaga idea di cosa possa trattarsi. Al momento buio totale su tutta la linea. A parte Gennaro, che stasera vuole mostrarmi le foto stampate questa mattina.

Va da sé che le foto, bellissime per carità ma che ritraevano una parte di me che non riconosco, ho dovuto strapparle una a una, e hai voglia Gennaro a recitare come una litania: «Ti prego, Lolita, non lo fare, sei bellissima in ognuna. Saporita e carnale come un bignè, pericolosa come nessuna mai.»

Nemmeno un frammento è rimasto, né delle foto stampate né del pallone di Gravina e nemmeno del capocollo di Martina che avevo comprato tornando a casa dalla salumeria dell'angolo. Con i taralli e il primitivo che ha portato Gennaro, ci azzeccavano una meraviglia. E che lui è uomo di grandi appetiti, va sottolineato.

4/La *Nostra Signora di Bonaria*

Stanotte Gennaro si è fermato a dormire. Forse il vino, l'amore, non lo so nemmeno io perché. Che mica sono facile, in queste cose. Troppo intimo dormire con qualcuno, più intimo che giacere. Ma è accaduto, e tant'è. Adesso è nel mio bagno che si fa la barba con le cose che ha trovato nell'armadietto. Il pennello di Stefano, il mio rasoio, la crema di Giovanni. Mi piace guardarlo mentre nudo come un fauno gira il pennello bagnato nella vaschetta verde del Proraso e s'insapona la faccia prima di passare il rasoio. Mi incanto a guardare i suoi gesti lenti, il suo viso che si riflette tra i miei profumi nello specchio appannato. Il rituale mi ricorda l'infanzia, mio padre che si sbarba nel bagno, il suo pigiama celeste, le certezze che avevo, il mio paese dei balocchi. Chiudo gli occhi, risento gli odori. La Cera di Cupra, il dopobarba, il Paco Rabanne. Mamma che in cucina accendeva il caffè mentre cantava «*rose rosse per te*».

Ho una vertigine. Gennaro mi guarda, avverte il cambio d'umore, un tratto di malinconia a rabbuiarmi gli occhi. Ride guardando il contaminuti che tengo sulla mensolina del bagno accanto all'antirughe. Ignora tutte le volte che brucio il ragù, inseguendo i pensieri. Si asciuga il viso, mi bacia i capelli, poi va in cucina, si mette ad armeggiare con la caffettiera e comincia a cantare.

A volte ci salvano le canzoni.

E mentre appoggiati al lavandino aspettiamo che esca il caffè, mi metto a canticchiare con lui sulle note dei Negramaro.

«Ho leccato via il sale... / ho ingoiato il sudore del mare... / e ti accorgi che quello che senti / ha radice nel posto dei santi.»

Ha una bella voce Gennaro, melodiosa e profonda. Resterei ad ascoltarlo per ore, se non dovessi andare in questura tra mezz'ora. Ma quello che oggi di più mi incanta, sono le parole. Parla di mare questa canzone, e di santi. Il posto dei santi, ripete.

E quale può essere il posto dei santi in una città come Bari, mi chiedo.

Penso alla Caravèdde de Sanda Necole, ai sessantadue marinai che lo portarono da Myra fin qui, e mi rendo conto che può trattarsi solo del mare.

Come ho fatto a non pensarci prima, gesummio, come ho fatto a non capire che, se il posto dei santi e delle madonne è il mare, Nostra Signora di Bonaria è quasi certamente una nave, o almeno una barca.

Dopo questa folgorazione, non ho più il tempo per niente, per cantare, fare colazione o solo per bere il caffè. Lascio in pianta Gennaro, m'infilo un vestito, gli mando un bacio con la mano e scappo via.

Ho la massima urgenza di correre in questura a consultare il database.

La saletta è semibuia, illuminata solo dalle luci azzurrine dei computer. Quattro poliziotti sono al lavoro con le cuffie auricolari. Si girano a salutarmi con un cenno, non gradiscono presenze di altri reparti, lo so. Nemmeno io, si capisce. Ma sono una solipsista, e certe cose delicate devono passare direttamente dalle mani mie.

Basta digitare sul computer "Nostra Signora di Bonaria" e restringere le ricerche nel tempo massimo di un anno, perché sullo schermo appaia il dettaglio che stavo cercando. Risale a circa un mese fa, quando nel caos del traffico navale di ferragosto, tra turisti e traghetti in arrivo da Grecia, Croazia e Albania, fu lanciato un Sos da una nave mercantile appena ripartita dal porto di Bari. La nave, battente bandiera montenegrina, aveva appena caricato circa cinquecento container da 18 tonnellate ciascuno, quando a poche miglia dal porto segnalò che a causa di un'errata manovra rischiava di perdere parte del carico regolarmente dichiarato sotto le voci di: legname, ferraglia, automobili, merci varie. Mezz'ora più tardi, il comandante segnalava il rientrato allarme e che era stato possibile riprendere la navigazione dopo aver provveduto a sganciare otto container contenenti acciaio, poiché la presenza degli stessi contribuiva a sbilanciare pericolosamente l'imbarcazione. Negli articoli pubblicati nei giorni successivi sui vari giornali della provincia, furono resi noti coordinate dell'incidente, nome del comandante e altri dettagli.

Talmente felice di aver risolto in così poco tempo il rebus in modo da poter continuare il lavoro iniziato da Marinella, faccio la sgargiante e, nonostante la seriosità del luogo, accenno un passo di danza nella saletta dei computer. Solo che inciampo nella sedia girevole attirando gli sguardi interdetti dei colleghi del nucleo informativo. Arrossisco, chiedo scusa, ma è inutile dire che vorrei sprofondare. E mannaggia alle Louboutin, mannaggia. La colpa è loro se, con quello che mi costano, adesso mi fa male anche la caviglia.

Quando, leggermente zoppicante, torno nel mio ufficio con il plico dei documenti riguardanti la *Nostra Signora di Bonaria,* che per fortuna prima di incespicare rovinosamente ho provveduto a stampare, trovo Esposito e Forte ad aspettarmi al varco.

«Ch'è succèss, commissario? Hai la faccia di un gatto che ha appena acchiappato un topo e in più zoppichi.»

«Vattìnn Antò, non mi scocciare. Sto lavorando e mi sono fatta male. Ci manchi solo tu, ci manchi. Ahia...»

«Appunto, dico. Io e Tonino ti vogliamo aiutare. In queste condizioni da sola non ce la puoi fare.»

«Ah, mi volete aiutare? Uhm, il fatto è che siete imprecisi e questa invece è un'indagine delicata. Anzi, delicatissima. Non è cosa per voi.»

«'O vèr, commissario? E noi qui stiamo, a vostra disposizione» s'intromette Esposito, zelante come al solito.

«Tu dici, Espò? Mi devo fidare stavolta? Non è che sul più bello ve ne andate alla partita?»

«'Nziamai, commissà. Uno spavento vale per cento. Non lo facciamo più. Il Bari è il Bari, ma davanti a voi non c'è storia.»

«Meglio Lolì, vuoi mettere tu con la partita?»

«Antò, poche chiacchiere. Espò, per rispetto a te che sei una brava persona stavolta mi voglio fidare. Trasìte, sciamm'. Espò, chiudi la porta.»

«'Ndmèn, la porta chiusa. Roba grossa allora.»

«Grossissima.»

«Di che si tratta?»

«Rifiuti tossici.»

«Uelà. Ti sei messa a collaborare con l'Antimafia? Lo sai che lavori per la Sezione Omicidi, sì? Eddove starebbero, 'sti rifiuti?»

Antonio riesce sempre a farmi girare le scatole con la solita supponenza del maschio superiore, come se non avessimo mai smesso di andare all'asilo insieme. Gli sbatto il dossier di Marinella sulla scrivania e gli chiedo di studiarselo bene bene, non prima però di aver messo in chiaro due cosette.

«... Antò, ficcatelo in testa una volta per tutte. Tu nella Omicidi ci lavori. Io, la dirigo. Qualcosa vorrà dire.»

«Lolì, non t'allargare. E poi 'sta storia che ce l'hai con gli uomini deve finire.»

«Ma che staiaddire? Ma quandomai? Io ce l'ho con gli uomini?! Proprio adesso che mi sono fidanzata, poi.»

«Ti sei fidanzata?! Adavèr? E chi sarebbe il fortunato?»

«Si chiama Gennaro, e fa il fotografo.»

«Ma chi, quello che conosciamo?»

«Quello.»

«Poveraccio, 'nu bràv 'uagnòn. Non lo sa ancora il guaio che gli è capitato.»

«Ma che ne sai tu? Chi te la dà tutta questa confidenza, dico io?!»

«È frutto dell'esperienza, sorella mia. Il fatto è che a voi donne vi andava bene quando noi partivamo in guerra. Morte sicura al 90 per cento, la pensione assicurata per tutta la vita e poi libere di fare quel che cazzo vi pare.»

«Antò, non essere volgare per piacere. Come ti permetti di offendere le vedove di guerra? Io non lo so, guarda, come faccio a tenerti nella mia squadra.»

«Lascia fare Lolì, so il fatto mio. E comunque meglio morire in guerra che sotto le mazzate vostre. Metaforiche e non. Comunque dai, dammi 'ste carte e fammele studiare.»

«Ecco bravo, adesso vai e studia. Tu invece Espò, fai il piacere, vai alla capitaneria di porto e fatti rilasciare copia del registro sinistri in data 14 agosto c.a.»

«Comandi commissario. A disposizione.»

«Grazie Espò, veloce mi raccomando.»

«Vado, commissario.»

«Vai vai. Poche chiacchiere, mè.»

Risolto il rebus di *Mare nero* sulla *Nostra Signora di Bonaria,* il prossimo passo è quello di andare dal questore, raccontargli tutto e chiedere l'autorizzazione a procedere per un'indagine di omicidio. Omicidio, sissignore. Ma non oggi, domani. Prima devo studiare ogni cosa al dettaglio e andare preparata. Non so perché ma io con i questori sono sempre un po' a disagio. Sarà che non mi piace avere qualcuno che comanda sopr'ammè?

Può essere, sì. Non mi ci abituo, in effetti. Ah sì, a parte quando facevo l'ispettore a Vigata. Ma vuoi mettere un superiore come Montalbano, vuoi mettere? Da uno così... be' insomma, ci siamo capiti.

Con il nuovo questore insediatosi da sei mesi invece, la faccenda è tutta diversa e le cose si mettono male subito perché lui è un golosone, e io ho dimenticato di portargli le pastarelle promesse il giorno del compleanno.

«Questore buongiorno. Posso?»

«Lolita, bella mia. Vieni, vieni. Sempre un piacere vederti. E che mi hai portato, che mi hai portato?»

«Documenti, questore. Come al solito.»

«Documenti? E la cosa dolce che mi avevi promesso il giorno del tuo compleanno?»

«Niente dottore. Troppo lavoro e mi so' scordata, in effetti. Però prometto che...»

Il questore mi interrompe con un gesto della mano, poi controlla l'orologio, infine l'agenda. Ormai ho imparato a conoscerlo, quando fa così significa che è irritato e che il tempo a disposizione sta per scadere. Tre o quattro minuti al massimo, e devo farmeli bastare.

«Di che si tratta?»

«Sì ecco, il fatto è che durante le indagini per l'omicidio Alvino sono venuti fuori alcuni elementi a mio avviso rilevanti per...»

«Rilevanti, dici. Ma scusa, non l'avevi già risolto quel caso?»

«Infatti, ma lavorando su altre informazioni mi sono imbattuta in qualcosa di importante.»

«Sarebbe?»

«Ecco, guardi.»

Poso il dossier di Marinella sulla scrivania, spingendolo sotto i suoi occhi.

«*Mare nero*. Cos'è, un romanzo?»

«No, questore. È un dossier sul traffico di rifiuti tossici. Documentato al dettaglio, con un'attenzione particolare alle cosiddette "navi dei veleni". Sa di cosa parlo, vero?»

Il questore fa una smorfia. Chi ti credi di essere, bella mia.

«Mi pare ovvio. *Navi dei veleni* è un'espressione ormai tristemente famosa. Sta a indicare le navi che vengono utilizzate come mezzo illecito e criminale per smaltire in mare le sostanze più pericolose che l'uomo produca: diossine, mercurio, metalli pesanti, sostanze radioattive.»

«Esattamente. Attraverso questo sistema illegale, da oltre quarant'anni i mari di tutto il mondo, anche i nostri, sono utilizzati come discariche per rifiuti tossici e radioattivi. Con conseguenze gravissime se non letali per la salute e per l'intero ecosistema.»

«E fin qui nulla di nuovo. Prosegui.»

Il questore con fare annoiato controlla nuovamente l'orologio, segno che devo sbrigarmi.

«Guardi, se me lo consente, leggo qualche passo. La giovane Alvino spiega tutto molto bene.»

«Faccia pure, ma si sbrighi. Ho un appuntamento con il prefetto tra pochi minuti.»

«Sì, mi scusi. Giusto poche righe. *"Il sistema, messo in moto da decenni anche in Italia, coinvolge una rete criminale internazionale che gestisce i traffici illeciti via mare di rifiuti tossici e radioattivi, in molti casi associati anche al traffico di armi, con intrecci e connivenze tra criminalità organizzata, governi, industrie, uomini d'affari senza scrupoli, intermediari e faccendieri. Il motivo del traffico è unicamente economico: smaltire in maniera corretta e legale i rifiuti tossici e ancor più quelli radioattivi costa moltissimo. In molti casi, quindi, si preferisce trovare una nave vecchiotta, stivarla di tonnellate di rifiuti pericolosi e farla affondare."*»

Il questore scuote il capo, posa le braccia sulla scrivania e congiunge le mani, come in preghiera.

«Figlia mia, il ragionamento non fa una piega, per carità. Le intenzioni di questa povera ragazza pure. Il documento è molto interessante, ma è storia vecchia. Cose che sappiamo bene, in merito alle quali si è già indagato in precedenza. Certo è un peccato che una ragazza così giovane e promettente sia stata uccisa per un motivo banale.»

«C'è dell'altro, questore. Quanto le ho letto è solo una piccola introduzione all'argomento. Ecco, io credo, anzi sono più che certa, interpretando alcuni appunti che ho trovato nel dossier, che il mese scorso nel porto di Bari sia avvenuto qualcosa di simile.»

«Ovverossia?»

«Ovverossia, otto container sono stati alienati da una imbarcazione montenegrina e lasciati affondare a poche miglia dal porto.»

«A che scopo sono stati fatti affondare?»

«La nave aveva lanciato un Sos poco prima. A causa di una

manovra errata c'era stato uno spostamento del carico stivato sui ponti e bisognava necessariamente alleggerire l'imbarcazione per evitare un affondamento.»

«Esistono dei documenti ufficiali, o è una tua ipotesi?»

«È tutto registrato. Guardi, questa è la documentazione della capitaneria di porto.»

«Vediamo. Dunque, addì 14 agosto, container merci varie, Sos... Be', mi sembra tutto in regola, commissario.»

«Ennò signor questore, a me non pare proprio.»

«Come sarebbe a dire?»

«Riguardo la dicitura "merci varie": qualcuno si è preso la briga di verificare cosa c'era nei container affondati? A me non sembra. Perché dobbiamo fidarci, visti tutti i casi precedenti?»

«E quindi? Non mi pare di tua competenza, se non erro dirigi la Sezione Omicidi.»

«Appunto. Sono qui per chiederle di istruire un'indagine per omicidio e ottenere un mandato di ispezione subacquea di quei container.»

«Nientemeno.»

«Abbiamo un corpo di sommozzatori della polizia di Stato, mi pare.»

«Ce l'abbiamo, ce l'abbiamo, ma non li utilizziamo quasi mai. Queste indagini le lasciamo fare ai carabinieri oppure alla guardia di finanza, lo sai bene. Tutto il resto è fuori discussione. Ci sono competenze e competenze. Esiste la polizia portuale per questi controlli. Vorrei ti rendessi conto che le emergenze a Bari sono altre. Ho appuntamento con il prefetto appunto per questo. La situazione è gravissima, non so se te ne rendi conto: giovanissimi criminali che si esercitano a sparare con i kalashnikov al quartiere San Paolo. Clan in continua evoluzione e allo sbaraglio in molte zone della città. Il collegamento con i Balcani utilizzato come corridoio per il traffico di armi. Il costante allarme terrorismo che ci riguarda direttamente e dovresti saperlo benissimo visto che sei stata tu stessa a venire a contatto con Benallal Matou, il terrorista algerino implicato negli attentati di Parigi. Sai bene che siamo sempre in prima linea. Che controlliamo costantemente il territorio con posti di blocco a scopo preventivo e che il porto resta il nostro obiettivo principale. Facciamo verifiche accurate sui passeggeri che sbarcano dai traghetti provenienti da Grecia e Albania. Svolgiamo un'attività investigativa che non è solo limitata al controllo del territorio ma si impegna quotidianamente in un lavoro di intelligence per studiare i mutamenti interni alle organizzazioni criminali. La nostra è una battaglia che non ha soluzione di continuità, sai anche che siamo sempre al di sotto dell'organico necessario, che ci mancano pure i soldi della benzina, e tu mi vieni a parlare di container e di sommozzatori? Ma ti rendi conto, voglio dire? O vivi nel paese dei balocchi?»

Il mio superiore sbatte un pugno sul tavolo, arrabbiatissimo. Sembra che gli debba venire un colpo da un momento all'altro, è diventato paonazzo e ha gli occhi che paiono schizzare fuori dalle orbite. Io però sono convinta del fatto mio, e insisto.

«Questore, la prego. Mi ascolti un attimo ancora e non si arrabbi. Dirigo la Sezione Omicidi di questa questura e lei è tenuto ad ascoltarmi. Come certamente saprà, il 22 maggio scorso è finalmente entrata in vigore la legge 68/15 sugli Ecoreati. Per una volta, maggioranza e opposizione hanno concordato sulla necessità di mettere mano a un settore poco presidiato dal codice penale anche alla luce dei disastri contro l'ambiente, di imprenditori senza scrupoli o addirittura di veri e propri giri d'affari illegali come lo smaltimento illecito dei rifiuti tossici ad opera delle cosiddette ecomafie. Le pene previste sono sia pecuniarie che detentive e riguardano: l'impedimento del controllo: da 6 mesi a 3 anni; l'omessa bonifica: da 1 a 4 anni; l'inquinamento ambientale: da 2 a 6 anni; il disastro ambientale: da 5 a 15 anni; il traffico e l'abbandono di materiale radioattivo: da 5 a 15 anni.»

Il questore non ha smesso di tamburellare le dita per tutto il tempo, impaziente. Poi sbotta.

«Orbene commissario Lobosco, hai finito la lezione? È

mezz'ora che ti ascolto, e aspetto che tu mi dica una sola cosa: dov'è l'omicidio sul quale vuoi indagare. A me pare che tu ti stia arrampicando sugli specchi e non capisco dove voglia andar a parare, figlia mia. Che figlia mi puoi essere.»

Ennò, mo' pure questo comincia con la storia della figlia? Non bastavano i suoi predecessori! Ma la vogliamo smettere, che la vogliamo? Il fatto è che sono in svantaggio e devo mantenere la calma. Mi resta un minutino appena, ma ce la posso ancora fare. Cerco di blandirlo come meglio mi riesce.

«Mi scusi, signor questore, ma come potrei pensare di insegnarle qualcosa, io che dalla sua esperienza ho solo da imparare? Non mi permetterei assolutamente, voglio solo evidenziare come con la nuova norma legislativa il reato di disastro ambientale e il traffico e l'abbandono di materiale radioattivo vanno a sommarsi a quelli che vengono chiamati delitti vaghi.»

«Che sarebbero, nella fattispecie?»

«Signor questore, lei sa che certi reati o alcuni delitti sono definiti vaghi quando a essere offeso è l'interesse di un gruppo indeterminato di persone, o a essere a rischio è l'incolumità pubblica. Sono i reati più difficili da sostenere, mi rendo conto. L'opinione pubblica è impressionata quando in televisione o sui giornali vede il volto della vittima. O legge della disperazione dei parenti. In quel frangente comprende che il compito della giustizia è riparare una frattura enorme. Una ferita che è stata inflitta ingiustamente a quella gente. Nei reati ambientali si compie un delitto di misura spropositata, ma la televisione non può intervistare nessuna vittima, non c'è nessun volto da compiangere. Eppure un reato ambientale è più grave di tante rapine, persino di un omicidio, per quanto atroce possa essere. Questore la prego, bisogna andare oltre il fatto che non esista una vittima identificata, che nessuno si costituisca parte civile, che non ci sia impatto emotivo. Se in quei container ci sono, come ho motivi fondati di credere, rifiuti radioattivi, le vittime future saranno tantissime. I figli dei suoi figli probabilmente, i nostri nipoti. Come è accaduto con l'amianto qualche decennio fa, ricorda? Chi mai avrebbe potuto dire che sarebbe morta tutta quella gente? Eppure è accaduto. Una vera e propria strage d'innocenti. Accadrà questo con il mare, se qualcuno di noi non blocca in ogni modo possibile questo disastro. Mi creda, non vorrei fare ancora la maestrina e spiegarle come funziona la catena alimentare, ma se il pesce mangia il veleno, e noi mangiamo il pesce... Ecco insomma, due più due fa...»

«Fa quattro, commissario Lolita. Hai finito adesso? Sto per ricevere il prefetto. Non devo rammentarti ruoli e priorità, mi pare.»

«Non ancora, questore. Un istante. Mi rendo conto perfettamente.»

La voce mi trema ma non mi arrendo. Non adesso, non ancora. Devo provarci fino all'ultimo. Per Marinella, almeno.

«Signor questore, io, commissario Lolita Lobosco, dirigente della Sezione Omicidi della questura di Bari, in veste ufficiale sono qui a chiederle di istruire un'indagine di omicidio e delitti vaghi, oltre a quella di disastro ambientale e traffico di rifiuti radioattivi, contro l'equipaggio e la società armatrice della nave montenegrina *Nostra Signora di Bonaria*.»

«Commissario Lolita, lo sai che c'è? Te la scordi questa autorizzazione. E con questo non voglio più tornare sull'argomento. Attieniti a reati della tua sezione.»

Il tono del questore è secco e strafottente. Vacillo, come se avessi ricevuto uno schiaffo. Sto per piangere, non posso credere che stia accadendo davvero. Se ne accorge anche il mio superiore, cerca di addolcire la pillola, di rimediare alle lacrime silenziose che mi rigano il volto.

«Senti ragazza mia, non è il caso di reagire così. Tu mi sei simpatica e voglio darti un consiglio. Mi risulta che non hai preso ancora un giorno di ferie, abbiamo avuto un'estate difficile e sei stata al lavoro anche il giorno di ferragosto. Ligia al dovere anche con quaranta gradi. Questo ti fa onore. Ma così ti viene l'esaurimento, e a noi invece ci servi efficiente. Ergo, ti prendi una settimana di ferie, te ne vai in Salento, sul Gargano, in Grecia o dove vuoi tu e poi ritorni riposata, abbronzata e più in gamba di prima. Adesso vai, e statti bene, mi raccomando.»

«Vado, sì. Ma tenga bene a mente quanto sto per dirle, questore. Ho un solo padrone, la verità. E mi batterò per quella, fino a che sarò in polizia. Costi quel che costi. Buongiorno.»

Mi giro sui tacchi, saluto il prefetto che è già in anticamera e non so quello che accade dopo, se cado o svengo, per l'emozione, la delusione e il dolore di venir meno al primo e ultimo giuramento della vita mia. Fatto è che mi trovo stesa sul lettino dell'astanteria, con l'infermiera poliziotta della questura china su di me che mi scuote cercando di svegliarmi.

«Commissario? Commissario, su si svegli. Come si sente?»

«... chi è? Dove sto? Chessuccèss?! Mi gira la testa.»

«Commissario, menomale! Che spavento ci ha fatto prendere!»

«Non mi ricordo nulla, solo che... Ah sì ecco, ero dal questore mi pare.»

«Infatti, è svenuta appena uscita dalla stanza. Stava per entrare il prefetto, praticamente è caduta davanti ai suoi piedi.»

«Che vergogna, oggesù.»

«E perché mai? È solo svenuta. Sarà dipeso dal caldo, o da un calo di zuccheri.»

«... no no, lo so io cos'è. Sono state le agitazioni e tutto il veleno che devo ingoiare. Davanti al prefetto, dice? E al questore, immagino. Mi avranno visto le gambe, mi avranno visto.»

«E che sarà mai? Sono belle tra l'altro, non si dia pena.»

Essì, dice lei. E come faccio a non darmi pena adesso che pian piano sto ricostruendo tutto, la mia richiesta al questore, il suo rifiuto. Il senso di frustrazione, il capogiro. Il dossier di Marinella. A proposito, dov'è adesso, il dossier?

«Infermiera?»

«Sì?»

«Avevo delle carte con me, un faldone. Documenti importantissimi. Saprebbe dirmi se li ha presi qualcuno?»

«Eccoli, sono qui sulla mia scrivania. Stia tranquilla, non glieli tocca nessuno, adesso però provi a riposare un po'. Le ho somministrato un cardiotonico, dovrebbe sentirsi meglio in poco tempo.»

«Grazie, sì. Sto già meglio in effetti. È nuova, qui? Mi scusi, non l'ho mai vista. Prima c'era Vincenzo l'infermiere, giusto?»

«Ha ragione. Vincenzo è andato in pensione un mese fa e sono arrivata io.»

«Bene, è così bella la presenza femminile nel nostro Corpo. Da dove arriva? Dall'accento non mi pare pugliesissima. Romana, piuttosto.»

Ride. È una donna molto bella, sui quaranta. Alta, bruna, capelli lunghi, un neo all'angolo sinistro delle labbra, come Marilyn Monroe. Un po' mi assomiglia, a guardarla bene. Anzi, è quasi la mia controfigura.

«Ha ragione, mio padre era del Salento, ma io sono nata a Roma. Sono in polizia da cinque anni, prima lavoravo in ospedale, ero un'infermiera professionale.»

«E cosa ci fa in Puglia?»

«Ecco, ehm... Ho seguito l'amore. Il mio compagno è un poliziotto barese, e ho deciso di seguirlo quando è stato trasferito.»

«Bene, viva l'amore. Non mi ha detto il suo nome.»

«Mi chiamo Elena, Elena Fiorillo.»

«Ciao Elena, piacere. Sono Lolita.»

«Ma certo, lo so. Il commissario Lobosco.»

«Lolita e basta, ti prego. Diamoci del tu.»

«Grazie.»

«Dimmi qualcosa di te, cosa fai, come ti trovi qui da noi.»

«D'accordo, ti dico tutto, però prometti che riposi un po'. Sei svenuta, non lo dimenticare. Tra cinque minuti riproviamo la pressione.»

«Va bene. Allora?»

«Allora niente, cinque anni fa su consiglio del mio compagno ho partecipato a un concorso in polizia. Uno di quei sogni di bambina che a un certo punto della vita metti da parte e poi invece scopri che non è mai troppo tardi per realizzare.»

«E quindi?»

«E quindi ho vinto il concorso e mi sono ritrovata in pochi giorni ad avere tra le mani anziché una siringa, una mitraglietta per le esercitazioni.»

«Cavolo. E cos'hai provato?»

«Ho dovuto abituarmici, ecco. Però il primo pensiero è stato: ma che ci faccio qui, ridatemi i cerotti.»

«Non sapevo che anche le infermiere fossero addestrate al tiro.»

«Invece sì. Camice, stetoscopio, pistola in una tasca e manette nell'altra. Funziona così.»

«Be', il massimo del sexy nell'immaginario erotico maschile, o sbaglio?»

Elena ride ancora, divertita.

«Uhm no, non sbagli. È dura essere credibili in certi casi. E tutti quei film della Fenech non aiutano di certo.»

«Non dirlo a me, guarda.»

«Mi rendo conto.»

Una bella risata tra donne è quello che ci vuole a rimettermi in sesto, e a farmi scordare la cicuta che ho dovuto ingoiare.

«Però sei richiesta, a quel che vedo.»

Al di là del vetro smerigliato che separa l'astanteria, si intravede una fila di poliziotti in attesa.

«Fammi capire, c'è un'epidemia, o dipende unicamente dal fatto che sei bella? Al Sud gli uomini sono un po' provoloni, te ne sarai accorta, credo.»

«Lo so, lo so. Mi aveva messa in guardia il fidanzato, ma ho dovuto adattarmi, sai, i primi giorni qui c'era un affollamento incredibile. Mai un minuto libero, finivo il turno ed ero stanca morta. Adesso va meglio, ma il lavoro non manca, ecco.»

«E quali sarebbero le patologie lamentate, tanto per sapere?»

«In confidenza?»

«In confidenza, sì.»

«I poliziotti qui vengono a curarsi l'anima. O lo stress. Le delusioni d'amore. Il mutuo che non si riesce a pagare. Il figlio che è stato bocciato o frequenta cattive compagnie. La malattia che hanno scoperto di avere, e non sanno come raccontare in famiglia. La depressione della moglie. Vedi Lolita, i poliziotti hanno un problema da sempre, uomo o donna che siano.»

«E qual è?»

«Il complesso di Rambo. Quello che ti condiziona a dover apparire agli altri forte, invincibile, capace di risolvere i problemi della comunità, anche se non sei in grado di risolvere i tuoi. Quando ci sono, bisogna far finta di nulla. Alla lunga è un ruolo che logora. Ci si può capire solo tra di noi. Ecco, io servo a questo. Raccolgo confidenze, sfoghi, storie di corna e di passioni. Lutti, malattie, tristezze varie. Lo vedi quel bollitore? È sempre in funzione. Preparo litri di camomilla, un po' come quando eravamo bambini. Una tazza calda, un po' di zucchero e il bacio della mamma. Non c'era dolore o paura che non andasse via. Ecco, questi superpoliziotti quando sono qui si sentono al sicuro. Per un attimo tornano bambini. Gli fai una carezza e passa.»

«E dimmi un po', da donna a donna: ci provano ogni tanto? Non è che il bacio della mamma adesso lo chiedono a te? Bella come sei, mi sorprenderebbe il contrario.»

«In confidenza sì, ogni tanto qualcuno ci prova. Ma ho imparato a tenerli a bada.»

Accarezza le manette nella tasca, sorride ancora. Simpatica 'sta Elena. Tornerò a trovarla, un giorno o l'altro. Prima però fascìmm 'e corna, come direbbe mia nonna Dolò.

L'ultima nave dei baresi

Dopo il malore di stamattina, torno a casa con un certificato valido per tre giorni di malattia. Dovrebbero essere necessari, secondo il parere del medico, a rimettermi in sesto. Un po' di affaticamento, il caldo, nulla di più dice lui. E sarà pur vero, ma ormai la decisione è presa: seguo il consiglio del mio superiore e mi metto in ferie. Ma non una settimana, come suggerisce lui. No no, ne prendo almeno tre. Come prima cosa, mi iscriverò a un corso da sommozzatore. Perché mai dire di no a Lolita. E se il questore ha rigettato la mia richiesta ufficiale di indagine per omicidio, ne farò una per conto mio. Anche a costo di imparare ad andare sott'acqua. Ellosò sì, che non ho neppure idea da dove si comincia, però mi posso informare.

Dopo un'infruttuosa ricerca su internet vengono fuori vari elementi. Uno, la polizia tiene i corsi e le attività di formazione per sommozzatori al Cnes di La Spezia, un po' lontanuccio cioè. Due, che la durata e la procedura di iscrizione richiedono un tempo di molto superiore alle mie tre settimane di ferie. Tre, che i corsi sportivi frequentati in alternativa non abilitano all'esercizio di alcuna professione bensì all'attività ricreativa. Pertanto una volta ottenuto il brevetto non sarà possibile immergersi per motivi di lavoro. Non ufficialmente, almeno. Poco male, mi organizzerò. Solo che mi serve urgentemente un istruttore, e io non ce l'ho uffa. Vabbè dai, ci penserò domani. La notte porta consiglio, dicono.

Invece non va così, perché con Gennaro nel letto, che vuoi dormire?

Riesco a tornare lucida soltanto dopo che intorno alle dieci smamma e in santa pace mi piglio il secondo caffè.

Ecco, adesso va meglio. Resta da capire chi, tra le mie conoscenze, ha un brevetto da sub. Escludendo Daria Attanasio e le altre persone coinvolte in qualche modo nel caso Alvino, si capisce.

Se ne va mezza mattinata a scervellarmi, passando in rassegna tutti o quasi gli amici e i conoscenti, quando verso le quattordici, inebriata dal profumo della cotognata che ho messo in cottura da un'oretta abbondante, trovo la soluzione. Il professor Introna, proprio lui. Un uomo fantastico e poliedrico: medico legale tra i più bravi al mondo, cuoco sopraffino, archeologo, storico e anche sommozzatore. L'uomo perfetto, adesso che ci penso. Bisognerà che lo chiami, magari per invitarlo a cena stasera stessa, lui e Alessandra, la sua bellissima moglie.

Organizzare una cena è una delle cose che più mi piace, soprattutto se il giorno dopo non devo andare in ufficio, e se c'è qualcuno che, quando tutto è finito, sparecchia e lava i piatti. Gennaro, sempre lui. Che si è rivelato un ragazzo pieno di risorse. Dove lo metti e metti, sa il fatto suo. Anche in cucina.

Le sere di fine settembre sono ancora dolcissime, e all'ora della saudade barese, quando la gente va a bagnare i sogni con l'acqua di mare, apparecchio un tavolo per quattro sul terrazzo. Lino bianco, cristalli, candele accese e una genovese leggera leggera, come la preparava mia nonna Dolò. Perché la genovese coi liguri non ha niente a che fare, se non una lontanissima origine. È napoletana, napoletanissima, risalente alla corte borbonica, o forse ancora prima. Secondo la ricetta di mia nonna, la versione perfetta richiederebbe di condire con il sughetto i maccheroni della zita, oppure i mezzani, io invece ho impastato un mezzo chilo di orecchiette e, per restare in tema, le ho stampate una per una con il timbrino dei corzetti liguri che mi sono fatta spedire apposta da Novi. Poi ho impresso *Lolita* su ogni orecchietta. Una soddisfazione che non vi sto a dire. Perché c'avevo visto giusto che tra orecchiette e corzetti una certa parentela esisteva, basandomi sulla teoria che esiste un pezzetto di Puglia in ognuno di noi, qualsiasi origine si abbia.

Me l'ha confermato un paio di settimane fa Barbara, l'impiegata del Distretto del Novese, durante una telefonata, tutta felice: «Avevi ragione sai Lolita, in questi giorni stiamo facendo una ricerca approfondita sul corzetto ligure e mi sei venuta in mente tu. Abbiamo scoperto che le orecchiette pugliesi e i nostri corzetti derivano dalla stessa pasta, cioè i *crosets* provenzali, che intorno al 1200 vennero introdotti in Italia alla corte napoletana degli Angioini probabilmente a seguito del matrimonio tra Beatrice di Provenza e Carlo d'Angiò. Successivamente, con l'ascesa al trono del figlio Carlo II furono esportati in tutti i possedimenti tra cui Liguria, Basso Piemonte, Puglia e Sicilia. In origine i corzetti erano pezzetti di pasta schiacciati con il dito imprimendo un movimento circolare, uguali alle orecchiette e alle strascinate pugliesi, ma poi nella variante piemontese e ligure la pasta venne stirata e stampata.»

Una soddisfazione che non vi sto a dire, e la consapevolezza che, se studiassimo meglio la storia e l'origine dei costumi e delle tradizioni, ci scopriremmo molto più uniti di quanto non siamo. E adesso dàll a Bari a timbrare le orecchiette per il ragù della domenica. Tùm tùm tùm, una dietro l'altra. Divertentissimo davvero.

Tornando alle cose nostre, la cena è riuscita benissimo, in un'atmosfera informale, complici anche il pulloverino celeste del Prof invece del solito blazer più cravatta e i bellissimi fiori che mi ha regalato Alessandra. Gennaro si è integrato subito, gli ospiti hanno mangiato tutto quindi niente avanzi da smaltire a colazione, e per il corso da sommozzatore è quasi fatta. Il Prof Introna si è offerto di farmi da istruttore per un corso intensivo della durata di un paio di settimane, con una quindicina di ore riservate alle immersioni e qualche lezione di teoria. Il tutto in cambio di una decina di focacce. Affare fatto, ovvio.

Mi ha raccontato anche una storia sul relitto della *Samuel J. Tilden*. Anche se, stanca com'ero tra il lavoro e metà pomeriggio passato ai fornelli, m'è venuto il mal di testa a cercare di tenere a mente tutti i dettagli. Secondo una sua tesi, la nave affondata non è il piroscafo inglese, bensì la *Brindisi II*, una nave passeggeri italiana, anzi pugliese. Pure Gennaro s'è appassionato e vorrebbe fotografare il relitto. E mo' vediamo però, che prima mi devo immergere io, poi si pensa.

«Vedi Lolita» ha raccontato Introna mentre a fine cena mangiavamo il gelato, «la motonave *Brindisi II* fu costruita nel 1931 per conto della Società Anonima di Navigazione Puglia, che rappresentò fino agli anni Trenta il simbolo della capacità imprenditoriale di questa città. Finanziata da moltissimi investitori baresi, gestiva linee di collegamento con la Jugoslavia, l'Albania, la Grecia e il Sudamerica. Ma ben tre affondamenti e una crisi economica conseguente portarono a una fusione tra la Società Anonima di Navigazione Puglia e la San Marco di Venezia. Fu un disastro per il Sud, venne meno l'imprenditorialità marinara in grande scala in Puglia, rimase solo quella minore, configurata in bastimenti e motopescherecci.»

«Che ingiustizia, Prof. Non conoscevo questa storia.»

«Non è finita, sai.»

Ah. Il mio mal di testa invece aumenta, mannaggia. E poi devo tenere a freno Gennaro che continua a farmi piedino sotto il tavolo e a guardarmi con certi occhi che, sì che lo so cosa vogliono da me. E non lo capisce che io sto lavorando pure stasera.

«Dopo la fusione, la *Brindisi II* viaggiò con le insegne della Compagnia Adriatica, fino a quando fu requisita dalla marina militare, armata, mimetizzata e trasformata in un incrociatore. Il 6 agosto 1943, a circa dodici miglia al largo di Bari, fu colpita da tre siluri lanciati da un sottomarino e affondò con dieci vittime dell'equipaggio. Per molti anni si è pensato che il relitto che giaceva fuori dal foraneo di Bari fosse una nave scampata al bombardamento tedesco, ma c'erano alcuni dettagli che non convincevano. Contrastava l'assetto sul fondo del relitto con la prua indirizzata verso l'ingresso del porto. Solo una ricerca accurata consentì a me e altri esperti di comunicare nel 1999 alla marina militare che il relitto della nave era con certezza quello della *Brindisi II*. Solo di recente una nuova tesi ha stabilito che si trattasse della *Tilden*. Ma il carico trasportato è ancora considerato un segreto militare.»

«Addirittura? Dopo tutti questi anni?»

«Certo, perché potrebbe trattarsi di armi convenzionali e non, destinate al fronte balcanico. Tieni presente inoltre che le leggende intorno al relitto sono numerosissime.»

«Per esempio?» s'intromette Gennaro.

«Per esempio quella che la mala barese lo utilizzasse come deposito di armi o addirittura droga. Un magistrato della procura qualche tempo fa aprì un fascicolo in merito, ma senza dubbio la tua amica Marietta può fornirti maggiori informazioni. Qualora tu fossi interessata a immergerti sul relitto, bisognerà richiedere per tempo un'autorizzazione. E brevetto o no, il ruolo che ricopri e l'indagine Alvino – Di Dio della quale ti sei occupata dovrebbero essere sufficienti a ottenerla in tempi brevissimi.»

«No Prof, ti prego. Niente ruoli ufficiali stavolta. Ho i miei buoni motivi che poi ti spiegherò. L'immersione dovrà avvenire per puro diletto.»

«Come vuoi. E grazie per la cena. Sei un'ottima cuoca, oltre che un bravo commissario. Ciao Gennaro, piacere d'averti conosciuto. Arrivederci Lolita, ti aspetto al porto intorno alle due del pomeriggio. A quell'ora c'è la luce migliore.»

«Ciao Lolita, grazie. Ti chiamo domani per la ricetta della focaccia. La tua è davvero buonissima.»

«Ciao Alessandra, è stato un piacere. Chiamami quando vuoi, te la detto volentieri. È una ricetta infallibile. Ciao Prof, a domani. E grazie ancora per avermi raccontato questa storia incredibile. Sono tante le cose che ancora mi sfuggono di questa mia città.»

Dopo restiamo sul terrazzo a guardare il mare, e a baciarci un poco. Io e Gennaro.

È un po' strano, ancora non mi abituo alla sua presenza. Ma è dolce, e mi protegge. E forse una cosa così non era accaduta mai. Gli uomini pensano che io sia tosta, che non abbia bisogno di dolcezza. Lui no, invece. Ha già capito tutto.

«Sei stanca tesoro?»

«Un po' sì.»

«Dai, prepara un bagno caldo, qui ci penso io.»

«Davvero?»

«Davvero, sì.»

E per fortuna i piatti stasera li lava Gennaro, così posso giocare nella vasca con le bolle di sapone a bidibodibù. In attesa che arrivi lui.

A lavarmi la schiena.

Dei relitti e delle pene

Alle quattordici meno cinque sono in loco, puntualissima come iscritto nel mio dna. Il professore è già sul braccio del porto riservato ai corsi di subacquea, mentre mi aspetta insieme a un amico istruttore. Saluti e baci, la consegna della prima delle dieci focacce pattuite e si comincia. Durante la lezione numero uno, imparo un paio di esercizi di respirazione, a togliere e mettere la muta, e come funziona l'attrezzatura. Solo che poi mi tocca la parte teorica, una rottura che non vi sto a raccontare, io che la legge di Boyle non la capivo nemmeno a scuola e che nell'ora di fisica piuttosto che seguire la lezione del giorno preferivo approfondire *La quadruplice radice del principio di ragion sufficiente* di Arthur Schopenhauer. Che non stava neppure sul programma, ed è tutto dire. Tanto per farvi capire com'ero messa già allora con la materia. Figuriamoci adesso, che mentre il Prof spiega e spiega, non vedo l'ora di buttarmi ammare. Ma per oggi me lo posso scordare, dice lui. Prima devo fare i compiti a casa. Respirare, respirare, respirare. Metti e togli l'attrezzatura. Gonfi il Gav, togli e metti l'erogatore. Vabbè, eseguirò. Magari prima della riunione di condominio convocata per le diciannove a casa della mia dirimpettaia.

Le riunioni condominiali al Sud sono un trattato antropologico, un po' come i ricevimenti nuziali e i pranzi familiari il giorno di Natale. Un evento bellico a cadenza mensile affollato di gente arrabbiata che avrebbe piuttosto bisogno di una museruola. All'ordine del giorno ci sono i sette nani dipinti a mano che il ragioniere affittuario del piano rialzato ha sistemato in ordine decrescente sul suo balcone. Pare che il disdoro urbanistico sia evidente, quello che mi sfugge però è se dipende dal fatto che manca Biancaneve o perché, come sottolinea la signora del secondo piano, queste cose le puoi fare al campeggio davanti alla roulotte, non certo se abiti in un palazzo storico e di grande pregio. Sul ristorante cinese aperto al posto del teatro liberty, però, tutti tacciono. Quel povero cristo dell'amministratore deve sudare sette camicie per riportare ordine poiché i condomini preferiscono orecchiare la conversazione tra la professoressa in pensione dell'attico che racconta sottovoce dell'amante di Milva, la sposina dell'interno 3, o chiedere la ricetta del ciambellone al cioccolato che la moglie del condomino che ci ospita sta offrendo sul vassoio, così tanto per gradire. L'atmosfera diventa incandescente quando ai coniugi del quinto piano viene chiesto senza mezzi termini di saldare la quota arretrata per la manutenzione straordinaria dell'ascensore. Ed è lì che si scatena il finimondo. Roba da non credere: grida, svenimenti, l'amara confessione degli interessati di essere in cassa integrazione, l'imbarazzo che impedisce qualsiasi manifestazione di solidarietà, io che vengo accusata nonsisacome di aver mandato una volante al culmine della litigiosissima riunione precedente. Una gabbia di matti, insomma. E se non la smettono di camminare coi tacchi a prim'ora sopra la testa mia, farò arrestare mezzo condominio prima o poi. Altro che mandare la volante.

Ovviamente il risultato è un mal di testa che non vi sto a dire, la lezione di burlesque saltata con conseguente malumore di Marietta e la porta chiusa pure per Gennaro. Perché stasera noneccosa, neppure di fare cip & ciop.

Ho dovuto sorbirmi due settimane di lezioni teoriche e di immersioni dimostrative, ma finalmente il professor Introna ha sciolto la riserva. Domani alle tredici in punto mi immergerò per la prima escursione subacquea sul relitto teatro dell'omicidio Alvino – Di Dio. *Samuel J. Tilden* o *Brindisi II*, come preferite.

Dopo una notte insonne per l'ansia e la felicità, emozionata e sbattuta come una sposa, sto già là alle dodici. Un'ora prima.

Il Prof arriva con due spallacci, due suoi amici istruttori subacquei, Nico Fumai e Gianfranco Simonini, i migliori sul mercato barese. Sono stati convocati per accompagnarmi in un'immersione profonda, rischiosa e vietata dal mio brevetto. Saranno al mio fianco, come angeli custodi. Per un attimo ho la tentazione di dare forfait. Poi penso a Marinella, a Luca, alle loro vite spezzate e con un balzo salgo sulla barca. Devo dare un senso a tutto questo. Qui dove il mare luccica e sembra impossibile che si nasconda tanto orrore. Indosso non senza difficoltà bombole, pesi, maschera e una muta semistagna, controllo erogatore e manometro, sistemo le pinne, regolo maschera e boccaglio.

La barca di appoggio ci conduce lentamente alle coordinate dov'è localizzato il relitto. Ho il cuore in gola. Sono tesissima per la regolazione dell'attrezzatura, io che non so usare neppure l'orologio del forno. Sistemiamo le boe di segnalazione, e inizia l'immersione. Mi è stato spiegato durante le lezioni di teoria che mentre si è in apnea ciascun subacqueo ha un compagno che è responsabile dell'altro, deve monitorare i suoi movimenti ed essere pronto a offrire il suo aiuto se è necessario. La subacquea è un'attività di squadra, poco adatta a un lupo solitario quale sono io. È essenziale la condivisione del piacere e dell'esperienza. Che niente avvenga mai per caso è una delle mie poche certezze e sono convinta che quest'esperienza mi insegnerà qualcosa.

Un attimo prima il Prof si segna il petto con la croce, anche l'istruttore fa la stessa cosa. Un gesto quasi impercettibile ma solenne. Invidio la loro fede, l'affidarsi a qualcuno. Il bisogno e la speranza di ritornare. Tutto quello che a me manca. Io non mi affido a nessuno, neppure alla buonanima di mio padre, nemmeno a me stessa. Regolo l'audio del microfono che ho per restare in costante contatto con il Prof e scendo lentamente, incantata da quell'attimo magico in cui varchi la demarcazione tra aria e acqua, e attraversi la linea reale di separazione tra due mondi: quello terrestre e quello sottomarino. Sotto di noi c'è il blu, ci si scambia il tutto occhei e si va. Sgonfio il Gav e scendo, intorno ci siamo solo noi e nugoli di rondinelle di mare.

Dieci metri. Il senso di isolamento è la prima sensazione, poi il silenzio che mi avvolge, nonostante la voce del Prof risuoni nelle cuffie.

Quindici metri. È come entrare in una cattedrale francese, nella sua penombra. Un'esperienza mistica da fare in assoluta solitudine.

Trenta metri. Sono dentro il mito, nelle ventimila leghe di Jules Verne, davanti al palazzo di Nettuno, in un mondo di sirenette e mostri marini. Sotto di noi si intravede una massa scura, il profilo degli alberi della nave. Ci fermiamo per un minuto. Tutto ok? Tutto ok, continuiamo.

Trentacinque metri. L'ignoto mi cattura, avvolta da un nero d'inchiostro che mette paura. Voglio andare avanti.

Trentotto metri. Ne mancano ancora cinque. La pressione mi trascina a fondo e cancella i pensieri. Come Icaro, attirata da forze sconosciute. Mi sembra quasi di sentire una nenia, qualcuno che mi chiama.

«Attenta Lolita, quasi ci siamo.»

Quarantatré metri.

La voce di Introna gracchia nella maschera, mi restituisce lucidità, interrompo il mio balletto immaginario tra sirene, cavallucci e stelle marine. Il profilo del relitto è a pochi metri da me, spettrale. Intravedo i ponti, il fumaiolo. È tutto grigio, irrimediabilmente perduto. Il senso di morte mi stringe il petto, lì dentro da qualche parte ci sono i resti dei dieci membri dell'equipaggio inabissatisi insieme alla nave. Lì dentro Luca è morto annegato e questo relitto è l'ultima cosa che hanno veduto gli occhi innocenti di Marinella. Vorrei piangere ma so che non posso, non devo. Alle lacrime ci penserò domani.

«Uno, due, tre, accendo.»

La voce di Nico, l'istruttore che ci accompagna nell'immersione, interrompe l'emozione, per scatenarne un'altra. Non sono pronta a quello che vedrò, non ne ho idea. È stupefacente.

Il fascio di luce del faro mi acceca, spazza via le tenebre, accende il blu, il verde, l'azzurro, l'arancio e mille altri colori. Le tenebre scappano via ed è come essere nella grotta di Aladino. Sorrido nella maschera, e non trovo le parole. Volteggio intorno al relitto insieme ai pesci, mi sembra di essere in un cartone animato di Walt Disney. Colonie di pesciolini mi danzano accanto. Alcuni gronghi giocano a nascondino tra le lamiere. Mi sento una bambina al luna park, muta per l'emozione. Sorrido.

«Tutto bene, Lolita? Perché questo silenzio?» Gianfranco e Nico si affannano a starmi dietro mentre nuoto intorno alla nave affondata e cerco di fotografare i dettagli. Quei pochi che restano riconoscibili in un mucchio di melma e di ferraglia incrostata. Il fumaiolo, i ponti. Il sibilo del computer da polso indica che già è tempo di risalire. Io però non voglio andare, il boccaporto a cinquanta centimetri da me è un'attrazione fortissima. Adesso non ho più paura, stregata anch'io da questa magia. M'infilo quasi per metà nel boccaporto di una delle stive ma i miei due compagni mi strattonano con decisione e mi tirano fuori, impossibile restare ancora, bisogna risalire.

Le tappe di decompressione sono una perdita di tempo per chi come me vive a mille all'ora, cerco di accelerare la risalita ma sballo tutto e faccio arrabbiare il Prof. Allora provo a trasformare una rottura di scatole in un momento di riflessione, ripensando alle emozioni vissute e alla consapevolezza che le immersioni ti cambiano la vita, e che quando torni a galla non sei più la stessa Lolita che si è immersa un'oretta fa. Usciamo una mezz'ora dopo, smarriti, muti. Quando riprendiamo a parlare, con la voce di Paperino per via dell'elio respirato nella miscela, è come se fossi tornata dal regno dei morti. L'unico problema è che il Prof ha la faccia scura. E un poco mi dispiace.

«Non ti porto più Lolita» sta dicendo adesso con la voce grave. «Non chiedermelo più perché la risposta sarà NO.»

Cerco di evitare il suo sguardo rannicchiandomi in un angolino della barca e fingendo di lucidare il vetro della maschera, non l'ho mai visto arrabbiato e devo dire che avrei evitato l'esperienza. Che poi non mi sembra di aver fatto nulla di così grave. Invece lui sostiene che infilarsi nel boccaporto di un relitto, soprattutto se si è totalmente inesperti, può essere pericolosissimo, se non addirittura fatale.

«La morte di Luca Di Dio all'interno di quella stessa nave non ti ha insegnato nulla? Per non parlare dei tempi della seconda tappa che non hai rispettato durante la risalita. Sembravi uno yo-yo, sott'acqua. Sei un'indisciplinata, altro che commissario! E non ti rendi conto che io, Nico e Gianfranco ci siamo fatti carico di una responsabilità enorme solo per farti un favore.»

Mammamia, sta proprio nero. E anche il silenzio di Nico e Gianfranco è accusatorio. Abbasso il capo, lo cospargo di cenere e chiedo scusa. Non foss'altro perché oggi era un gioco, ma fra tre giorni si fa sul serio. E di annullare la prossima immersione non se ne parla proprio.

«Scusa Prof, scusate anche voi. Non so cosa m'ha preso, forse l'emozione della mia prima volta. Non lo faccio più, prometto.»

«È la sindrome di Icaro, ecco cos'è. È il desiderio dell'uomo di andare verso l'ignoto. Le sensazioni che si provano nei relitti sono uniche. Non ce ne sono uguali. Assenza di tempo, curiosità, paura, incoscienza, angoscia, serenità, controllo, euforia, malinconia, memoria. Tutto nei pochi minuti del tempo di fondo, ma che si prolunga negli interminabili minuti delle decompressioni. Lo comprendo benissimo, il fatto è che qui basta una disattenzione e ci rimetti la vita. Solo ieri è morto un tuo collega di La Spezia, un sommozzatore del corpo di polizia. Cercava con la sua squadra il cadavere di una donna uccisa e gettata nel Brenta. Un professionista eccellente, trent'anni di carriera, mai un errore. Eppure ci è voluto un attimo per morire. Devi tenerle a mente queste cose, Lolita, oppure non se ne fa più niente.»

Il tono è severo, così diverso dalla solita ironia, e io vorrei scomparire, rituffarmi in mare e non risalire più.

«Perdonami Prof, ti prego. È che quando non hai nessuno che ti aspetta a casa, il mondo ha un'altra angolazione.»

Il Prof è sorpreso, ha quasi la voce strana. Ha incontrato un'altra Lolita che non sapeva esistesse. Forse perché senza tacchi sono come Superman sotto l'effetto della kryptonite.

«Lolita, ma perché dici così? Perché questa malinconia? E Gennaro? La tua famiglia, il lavoro?»

«Non lo so, lì sotto ho dimenticato ogni cosa. Dipenderà dall'impatto del relitto. È stata un'esperienza forte. Sapere che quei due ragazzi sono morti qui, che lì dentro ci sono i resti di almeno dieci soldati e chissà cos'altro ancora. Ridimensiona la morte, forse la avvicina. E poi la sensazione di non avere un mio posto nel mondo, il dossiè di Marinella, la lite con il questore, troppe cose insieme. Per quanto riguarda Gennaro poi, ecco lui è solo un divertissement, una specie di regalo che mi sono fatta per il compleanno, non so neppure quanto durerà. Perché l'amore Prof, l'amore è un'altra cosa. Come diceva mia nonna Dolò, puoi vivere senza sapere perché, non puoi vivere senza sapere per chi. Ecco, io quel *per chi* ancora non ce l'ho, forse non ce l'ho avuto mai, e allora certe volte faccio cose che non dovrei. Metto a rischio la vita, come un attimo fa. Però adesso ti prego, dimmi che ci vediamo giovedì. Ti prego Prof. Lo devo a Marinella, l'ho giurato a lei e a me stessa. Non posso tornare indietro.»

Il Prof sospira, serio. Abbozza un sorriso. «Va bene, ci vediamo giovedì. Tu però prometti di fare la brava.»

Il terzo giovedì di ottobre sorge cupo come un giorno di fine novembre. Il mare è grigio piombo e non promette niente di buono, spero solo non sia arrabbiato con me. La spedizione che si immergerà sui container alienati dalla *Nostra Signora di Bonaria* la scorsa estate e inabissatisi a poche miglia dal porto di Bari, è la stessa dell'altra volta. Io, il professor Introna, due sub professionisti, in più ci sono un tecnico ambientale specializzato in rifiuti tossici e un fotografo subacqueo. Se nei container affondati c'è davvero quello che penso, sarà importantissimo avere foto nitide e riprese professionali. È l'unico modo per apparire credibile agli occhi di un superiore ottuso, irritato per non aver avuto un vassoio di sfogliatelle.

Alle tredici siamo tutti sul pontile, nei pressi della barca d'appoggio, la tensione si taglia con il coltello. E non è solo meteoropatia, il fatto grave è che non ci è stato accordato il permesso per immergerci nei pressi dei container affondati. Leggo e rileggo il documento di negata autorizzazione e, nonostante le lacrime che cerco di fermare in gola, ancora di più mi convinco che vi è il tentativo di occultare una o più azioni illecite e che questa immersione è assolutamente necessaria.

«E quindi? Che avete intenzione di fare?»

Guardo gli altri sventolando il foglio con intenzione ma nessuno parla. Preferiscono evitare il mio sguardo e li capisco anche. Che ne sanno loro di Marinella, di due ragazzi uccisi, di *Mare nero*, del mio giuramento? Che motivo hanno per rischiare una multa e magari molto di più? Nessuno, purtroppo.

Tutti tacciono tranne il Prof. È stato proprio lui a rivolgersi alla capitaneria di porto per ottenere le autorizzazioni.

«Lolita, rischiamo grosso e lo sai. Non ti devo insegnare il mestiere. Ma anch'io come te inseguo la verità da sempre e non mi tiro indietro, quindi ti propongo di lasciare andare i ragazzi e proseguire da soli. Ce la possiamo fare, anche con le foto. A meno che...»

«Amenocchè?»

«... a meno che tu non voglia chiedere un'autorizzazione alla procura. In quel caso nessuno potrebbe vietarti nulla. E se non sbaglio il procuratore capo, la dottoressa Carrozza è...»

«... è amica mia, certo. Come ho fatto a non pensarci prima. Madò Prof, ti voglio dare un bacio in fronte. Aspè, prima fammi chiamare.»

«Lolitabella.»

«Ehi Mariè, scusa, 'na cosa urgènt.»

«Dimmi pure.»

«Ti fidi di me?»

«Certe domande che fai! Certo che mi fido. Perché?»

«Mi serve un'autorizzazione immediata.»

«Per cosa?»

«Per un'immersione in una zona vietata. Si sospettano illeciti molto gravi. Puoi?»

«Certo che posso. Quanti siete? Dimmi i nominativi che prendo un appunto.»

«Siamo sei, me compresa. Ti mando Esposito tra cinque minuti. Grazie Mariè, ti voglio bene.»

«Un bacio, e stai attenta per piacere. A me queste immersioni tue mi fanno agitare.»

Uffa menomale, tutto risolto. Mi ero messa una paura di 'sto divieto, bah. Ah, fammi avvisare Esposito.

«E allora?»

Il Prof mi raggiunge sulla banchina mentre interrompo la comunicazione con Esposito.

«Tutto risolto, abbiamo l'autorizzazione. Sei un genio, va detto. Andiamo, sciamm'.»

«Aspetta. Dov'è l'autorizzazione? Materialmente, intendo.»

«In procura. Ho mandato il mio assistente a ritirarla. La troveremo qui al nostro rientro. Si tratta di un'ora al massimo, prima o dopo non vedo il problema.»

«Meglio di no, aspettiamo di avere il documento.»

Con un cenno del capo indica Nico, Gianfranco, Giuseppe Morelli, il tecnico, e Matteo Molinari, il fotografo.

«Per loro intendo. Sono bravi ragazzi, e mi sento responsabile. Non vorrei incappassero in qualche guaio.»

«Come vuoi.»

Abbozzo, il Prof l'ho già fatto arrabbiare una volta e non

voglio rischiare ancora. Non sarà una mezz'ora a cambiare le cose. Ma che detesto aspettare, ecco si sa.

L'immersione che ci apprestiamo a fare è meno romantica della precedente, complice anche il cielo scuro e il contrattempo che ci ha fatto ritardare. Eppure per quanto mi riguarda è di gran lunga più importante. Sono emozionata mentre lentamente scendiamo di quota e pian piano ci avviciniamo ai container alienati volontariamente dalla *Nostra Signora di Bonaria*. Sott'acqua il mare è grigio, triste e senza sole.

La missione si presenta da subito più complicata del previsto perché i primi cinque degli otto cassoni affondati che esaminiamo sono blindati e sigillati ulteriormente con pesanti catene di acciaio e lucchetti. Tutto lascia prevedere che sarà necessaria una nuova immersione.

E invece no, ancora una volta la fortuna sta giocando a mio favore. Due container sono spostati leggermente più in là, caduti l'uno sull'altro. Nell'urto, sia pur attutito dalla massa d'acqua, e nonostante le catene, un gancio del portellone di chiusura si è staccato dalla cerniera creando un piccolo sfalsamento di pochi centimetri tra un'anta e l'altra. È sufficiente puntare il faro in quella direzione per perdere le parole. Il *Trefoil* nero su fondo giallo, le tre pale d'elica, simbolo universale della radioattività, impresse sui fusti azzurri, dimostrano che Marinella era sulla pista di un traffico di rifiuti tossici e scorie radioattive.

«Scatta, scatta, scatta.»

Nuoto accanto al fotografo che scatta le foto in sequenza e non vedo l'ora di risalire in superficie. Non ho idea di che cosa succederà adesso, se dovrò rientrare dalle ferie o continuare la mia indagine in assoluta segretezza. Con la procura di mezzo, la vedo abbastanza difficile. Anche se potrei chiedere a Marietta di mantenere segreta l'indagine ancora per una decina di giorni.

Ci sono attimi nella vita che ti porti dietro per sempre, e il *dammi un cinque* scambiato con il Prof e gli altri sub mentre risaliamo, è un momento indimenticabile.

La sorpresa ci attende in superficie, con la motovedetta della guardia di finanza e quella della capitaneria di porto che dichiarano sotto sequestro il gommone usato come barca di appoggio e rimasto ancorato accanto alle boe identificative, con un barcaiolo a bordo. Veniamo dichiarati in arresto per un paio di minuti, il tempo di mostrare al maresciallo il mandato della procura che autorizza l'immersione ai fini di un'indagine secretata, e poi rilasciati con tante scuse al commissario Lobosco e all'esimio professor Introna. Infine scortati in pompa magna al molo da cui siamo partiti.

Mantenere la segretezza in un contesto simile è pressoché impossibile, ragion per cui, il tempo di togliere la muta e di darmi una sistemata ai capelli con phon e beccucci, e sto già in ufficio. Solo che adesso, davvero non so che pesci prendere. Sarà la stanchezza, lo stress dell'immersione. O forse è la consapevolezza di aver onorato il primo giuramento della vita mia.

Rifiuto la mano tesa del questore, i complimenti per la *brillante operazione* e la riunione indetta ad horas con un pool di esperti e il procuratore capo per discutere della questione. L'indagine è mia, solo mia, e di renderla collegiale non se ne parla proprio. Casomai posso fare a metà con Marietta, ma si vedrà. All'uopo organizzo una riunione interna con Esposito e Forte, due Peroni e sei panzerotti. Io no, non bevo quando sono in servizio. Meglio una spremuta.

La traccia dalla quale partire è senza dubbio la compagnia di navigazione della *Nostra Signora di Bonaria*. Chi c'è dietro, se una holding o un unico proprietario, per poi valutare eventuali connivenze con l'apparato portuale. Al momento intravedo gli estremi per i reati di omesso controllo e induzione al falso. Il resto si vedrà.

«Espò, Antò, mi raccomando. Conto su di voi. Vi basta un mese di tempo?»

«Un mese e basta? E che dobbiamo fare, interrogarli uno per uno? Hai presente il porto di Bari, sì? Se finiamo per Pasqua, mi accontento.»

«Antò, fai poco lo spiritoso. Il tempo in queste cose è essenziale, lo sai. E comunque ti do un consiglio, segui i soldi. Quelli portano dappertutto. Espò, tu invece vatti a spulciare i documenti della nave, rigo per rigo.»

«Comandi commissario.»

«Mè, muovetevi sciamm'. Che per 'sta cosa ho rinunciato pure alle ferie.»

Un paio di settimane dopo l'immersione, otto arrestati e altri quindici indagati sono il bilancio dell'improvvisa accelerazione di un'indagine della procura parallela alla mia, il cui oggetto erano i controlli sui container radioattivi in ingresso nel porto di Bari. L'ipotesi accusatoria contesta il reato di omissione e di induzione al falso. Sostanzialmente gli addetti di una società incaricata dei controlli radiometrici su container sospetti non avrebbe in molti casi, come per quanto riguarda la *Nostra Signora di Bonaria,* compiuto le verifiche. Si suppone dietro il versamento di tangenti. Nel pomeriggio di oggi un blitz dei carabinieri del Nucleo operativo ecologico, della guardia di finanza e della polizia, ha permesso di accertare in flagranza di reato la falsificazione dei controlli con i moduli taroccati trasmessi alla dogana, che autorizzava quindi la partenza dei container. Tra le persone coinvolte, ben cinque tra ingegneri e spedizionieri oltre a funzionari pubblici di vario livello e tre politici tra cui un parlamentare. Arrestato inoltre un noto boss della Sacra Corona Unita, Carmine Cavallo, che aveva il compito di distribuire attraverso i suoi scagnozzi valigie di denari ai finanzieri oppure alle commissioni di controllo, ai politici, ai funzionari.

Il ruolo di Cavallo era centrale, uno dei gangli vitali in quella rete di relazioni, incroci societari, accordi tra fiduciarie che gravitava attorno a una holding internazionale disposta ad affondare in mare i rifiuti radioattivi.

Ma al di là del terremoto provocato dagli arresti che coinvolgono l'intera regione, quello che Esposito, tenace come un tarlo, riesce a scovare in una caterva di documenti, ha dell'incredibile. Come incredibili sono i gradi di separazione che conducono la proprietà di una parte della nave, intestata a una società fittizia, a Daria Attanasio ed Emilio Amatulli. Ma tu guarda.

Usando i nomi dei nonni defunti e creando una falsa società, Emilio e Daria risultano essere proprietari al 25 per cento dell'imbarcazione incriminata.

Nei giorni successivi, controlli più accurati consentono di accertare che le società di smaltimento e stoccaggio rifiuti intestate in parte ad Amatulli e in percentuale minore alla Attanasio nascondevano un traffico illegale di rifiuti tossici e radioattivi, che spesso venivano tombati in cave prive di qualsiasi autorizzazione, spesso in prossimità dei centri abitati.

Invertendo l'ordine dei fattori, il prodotto non cambia. È una delle regole elementari della matematica. E anche se cambia il movente, Marinella resta la vittima e Daria l'omicida.

Il movente, già.

Perché il prosieguo delle indagini ha rivelato una versione differente della verità. Marinella Alvino non è stata uccisa per motivi passionali. Troppo banale una morte simile per una ragazza come lei.

No, Marinella è stata giustiziata per aver scoperto cose troppo grandi, con in ballo interessi enormi. Rifiuti tossici, scorie nucleari, soldi, armi, e chissà cos'altro. Come Ilaria Alpi prima di lei, come il comandante Natale De Grazia. E come chissà quanti altri i cui nomi ancora non sappiamo.

La morte di un innocente fa sempre male, è uno spreco enorme, eppure oggi, sapere che Marinella è morta come un soldato sfuma leggermente i contorni del dolore. Daria è in carcere e ci resterà, non ho intenzione di incontrarla. Interrogo Emilio invece, prima che gli agenti della polizia penitenziaria lo conducano in carcere.

«Amatulli, adesso mi dica perché» gli chiedo al termine dell'interrogatorio.

«Dottorè, ci sono cose che voi non capite. Che la monnezza è oro, per esempio. Che sono i soldi l'unica elica che fa girare il mondo. Soldi puliti, sporchi, cosa importa. Servono e basta. E quella era solo una ragazza, giovane, inesperta. Cosa ne sapeva del mondo? Nulla. Un'erba inutile. Di quelle che si diffondono in fretta. Il tipo d'erba che va strappata sul nascere. È andata così, niente di personale mi creda. Quando una sera a cena Luca ha raccontato della ricerca e dell'indagine privata che Marinella stava conducendo sulle cosiddette *navi a perdere*, io e Daria abbiamo drizzato le antenne. Poi insieme hanno parlato di un dossier al quale la ragazza stava lavorando e che pensava di rendere pubblico. È bastato forzare la porta del suo appartamento per fotocopiarlo, leggerlo, e capire che era parecchio avanti, che stava arrivando a noi.

«"Che vuoi fare" le chiesi, "quando avrai le prove certe? Lo sai no, che è una lotta contro i mulini a vento?"

«"Invece non lo è" disse lei. "Io li fermerò."

«"E come farai?" chiese Daria.

«"Semplice, mi rivolgerò alla magistratura" ghignò. "Consegnerò a loro tutto il dossier. Con nomi, cognomi, luoghi. Il resto sarà compito loro."

«Fu allora che, ancora prima di parlare con i capi, io e la mia compagna decidemmo che andava eliminata.»

«Aveva capito che c'eravate lei e la Attanasio dietro la *Nostra Signora di Bonaria*?»

«Questo no, non credo. Diciamo che in un certo senso avevamo le spalle abbastanza coperte. Non era facile arrivare a noi, ma era meglio non rischiare.»

«E Daria, e la gelosia nei confronti di Luca? La loro relazione? Quanto ha influito nella decisione dell'omicidio?»

«Neppure un grammo. Quella storia è stata solo una variabile non prevista che ha complicato irrimediabilmente le cose. Ho saputo della loro relazione solo dopo l'arresto di Daria. È stata una sorpresa, mi fidavo di entrambi. Quando la mia compagna mi chiese di affidare a lei l'incarico, non mi preoccupai. "Con la ragazza sistemo tutto io" disse. "Sarà un incidente subacqueo, uno dei tanti." Era esperta nel campo, nessuno avrebbe potuto fare di meglio. Caricava le bombole sin da bambina. Mai un errore, un incidente. Ma le passioni umane sono la rovina del mondo, mi creda. L'odio le ha preso la mano, l'ha fatta sbagliare. Per questo sapeva che avrebbe dovuto pagare da sola. Se lei non si fosse messa di mezzo, Daria non avrebbe mai fatto il mio nome. Commissà, chi uccide non deve avere sentimenti. Non deve avere niente a che fare con l'amore. Non è quello a muovere il mondo, gliel'ho già detto. Sono i soldi.»

«Fuori, vada fuori di qui. Agenti, portatelo via.»

Ho la nausea, non riesco più a tollerare le sue parole, il cinismo. Voglio uscire, voglio il sole, Gennaro, fare l'amore. Fare un tuffo a mare. Provare a dimenticare. Cambiare lavoro, forse. Non ne posso più di morti, di cattiverie, di distruzione.

Ma come si fa.

Allora piango, mentre prima di tornare a casa, corro sulla banchina. Perché la cura per ogni cosa è l'acqua salata: sudore, lacrime, o il mare.

E gli spaghetti con le vongole fujute che Gennaro stasera ha cucinato per me.

La promozione

Le ferie interrotte e poi riprese, le passo con Gennaro.

«Ti porto in un posto fantastico» dice. «Rinascerai.»

E ha ragione, quel luogo è Matera, un paradiso a cinquanta chilometri da qui. C'ero stata molte volte per lavoro, ma sempre di corsa, tra un'indagine e l'altra. E mi era sfuggito il biancore del Duomo, il silenzio, la magia dei Sassi, l'energia che quel luogo sprigiona.

«Ecco vedi» mi spiega Gennaro mentre mi bacia sull'orlo della gravina, «questi Sassi vituperati, bistrattati, considerati la vergogna d'Italia, insegnano che si può rinascere. Che si può ricominciare sempre. Anche quando credi di aver toccato il fondo.»

A gennaio durante una cerimonia ufficiale a Roma, alla presenza del presidente della Repubblica e del ministro di Grazia e Giustizia, fui nominata questore per meriti speciali, e membro ad honorem del Reparto dei Sommozzatori della polizia di Stato.

Nella stessa cerimonia fu assegnata alla memoria di Alvino Marinella una medaglia d'oro al valore civile. Per l'atto coraggioso e la risonanza che aveva suscitato nella pubblica opinione. Il ministero dell'Ambiente avrebbe inoltre provveduto a divulgare le sue ricerche stampando Mare nero *e diffondendolo nelle scuole medie e negli istituti superiori. La facoltà di Biologia dell'Università di Bari intitolò un'aula e istituì una borsa di studio a suo nome.*

Marinella non era morta invano.

Fu allora che giurai ancora. Promisi a me stessa che avrei continuato tutta la vita a difendere i Giusti, a scoprire la verità.

Poi però mi girai, e vidi il questore. Tutto impettito accanto al presidente della Repubblica e al ministro, manco il merito dell'operazione fosse suo. Mi baciò, mi strinse la mano, si congratulò. Io sorrisi, ringraziai, ma il dito medio glielo feci lo stesso. E fa niente che non se ne accorse, vuoi mettere la soddisfazione.

«Tiè» avrebbero detto i miei nipoti.

«Amore» mi disse Gennaro.

Torna da me *mi scrisse Giovannimio su WhatsApp.* Cambierà tutto, vedrai.

Le ricette del commissario Lolì

TEGAME DI PASTA AL FORNO ALLA BARESE

(Ricetta scritta da Ornella Mirelli per *Mare nero*/ammodomio.blogspot.it)

Ingredienti per una teglia rettangolare di 30x20 cm:
500 g di zitoni
150 g di mozzarella (di latte vaccino)
50 g di pecorino romano
80 g di mortadella
1-2 uova sode (facoltative)

Per il sugo:
140 g di passata di pomodoro oppure 2 scatole di pelati da 800 g ciascuna (per un ragù con carne a pezzi)
5-6 cucchiai di olio extravergine d'oliva
½ cipolla (bianca o dorata)
sale q.b.
2 foglie di basilico

Per le polpettine:
150 g di polpa di vitello tritata
150 g di polpa di maiale tritata
1 uovo
1 fetta di pane casereccio raffermo (solo la mollica)
5-6 cucchiai di pecorino romano
1 cucchiaio di pangrattato
½ spicchio d'aglio tritato finissimo

2 dita di vino rosso corposo
1 bicchiere di latte
prezzemolo q.b.
sale q.b.
olio extravergine d'oliva per friggere

Per prima cosa mettete a cuocere le uova in un pentolino colmo di acqua fredda per farle sode. Dal primo bollore calcolate 7 minuti di cottura, quindi spegnete il fuoco, aggiungete un po' di acqua fredda e lasciate raffreddare le uova nel pentolino.

Preparate il sugo di pomodoro, facendo sfumare l'olio con mezza cipolla; toglietela e versate in pentola la passata di pomodoro con poca acqua. Salate e lasciate cuocere a fuoco medio-basso per circa un'ora. A fine cottura il sugo, che dovrà risultare denso e cremoso, verrà profumato col basilico.

Mentre cuoce il sugo, impastate e friggete le polpettine. In una ciotola capiente mettete ad ammollare nel latte il pane raffermo, quindi strizzatelo benissimo, togliete il latte e aggiungetevi la carne macinata, il sale, l'uovo (crudo), l'aglio e il prezzemolo, il formaggio grattugiato e poco pangrattato. Impastate con le mani fino a ottenere un composto omogeneo. Mettete il vino in un piatto, bagnatevi i palmi delle mani e, arrotondando piccoli pezzi di impasto, formate le polpettine, poco più grandi di una nocciola.

A questo punto fate scaldare l'olio in una padella larga, adagiatevi le polpettine e fatele cuocere in maniera uniforme. Scolatele col mestolo forato e lasciatele insaporire con due mestoli abbondanti di sugo caldo, già cotto e leggermente diluito con un cucchiaio d'acqua.

Affettate la mozzarella; sgusciate e tagliate l'uovo sodo; spezzate gli zitoni in tre parti prima di cuocerli in abbondante acqua salata bollente. Scolate la pasta al dente, circa 3-5 minuti prima della cottura indicata sulla confezione, e conditela subito con abbondante sugo di pomodoro, quindi cominciate ad assemblare la pasta al forno in quest'ordine:

1) sporcate il fondo della teglia col sugo;

2) fate un primo strato di pasta;
3) unite la metà delle polpettine, la mortadella, la mozzarella e l'uovo sodo;
4) coprite con il sugo e il pecorino grattugiato;
5) fate un secondo strato nello stesso modo;
6) terminate con la sola pasta, il sugo e il formaggio grattugiato;
7) battete vigorosamente la teglia sul piano di lavoro per far assestare i vari ingredienti.

Mettete il tegame in forno caldo in modalità statica a 200° e portate a cottura fino alla gratinatura desiderata, quindi, a cottura ultimata, avvolgete la teglia in un pesante canovaccio, oppure utilizzate una tovaglia piegata in quattro. Lasciate riposare la pasta al forno almeno per 15-20 minuti prima di servirla, in modo che i sapori si amalgamino alla perfezione. Da noi in Puglia si dice che tutti gli ingredienti devono fare l'amore!

Orecchiette pugliesi

500 g di semola
250 g di acqua tiepida leggermente salata
(quantità indicative)

Disponete la semola a fontana su una spianatoia in legno e aggiungete l'acqua poco alla volta impastando man mano. Lavorate a lungo la pasta, poi create dei cordoncini spessi un dito e tagliateli a tocchetti. Prendetene un pezzettino, appoggiate la lama del coltello, poi con una leggera pressione trascinate il coltello schiacciando l'impasto tra la lama e la spianatoia. Con un rapido gioco di pollice e polso schiacciate il pezzettino con il pollice, e con un rapido rivoltamento dello stesso capovolgete il pezzo di pasta trascinandolo verso l'alto.

Fate asciugare in un luogo asciutto e ventilato, cuocete regolarmente e condite a piacere con ragù o con cime di rapa.

Corzetti liguri (variante del Novese)
Corzetti novesi al sugo di funghi (i cursèti id növe)

Per la pasta:
400 g di farina di semola di grano duro
3 uova
vino bianco
un pizzico di noce moscata
sale

Per il sugo:
100 g di salsiccia di maiale
40 g di funghi secchi
un trito di sedano, carota, cipolla, alloro e rosmarino
passata di pomodoro q.b.
vino bianco
sale

Impastate farina, uova, sale, noce moscata con il vino bianco necessario per ottenere una pasta ben soda e lavoratela a lungo. Tirate la sfoglia piuttosto sottile e con l'apposito stampo ricavate i corzetti e lasciateli asciugare un poco su un telo pulito. Preparate il sugo soffriggendo il trito in una pentola di terracotta con un po' d'olio, aggiungete la salsiccia e sfumatela con il vino bianco; poi aggiungete i funghi precedentemente ammollati e la passata di pomodoro e lasciate cuocere. Se necessario aggiungete olio e burro crudo e salate. Cuocete la pasta in acqua salata, scolate e rosolate un minuto nel sugo. Servite subito.

Durante la stagione estiva il condimento può essere sostituito da un pesto di maggiorana ottenuto con 150 g di pinoli, 1 ciuffetto di maggiorana, olio extravergine d'oliva, sale.

Antica ricetta tratta dal libro *I Novesi a tavola* di Michele Bottale e Natale Magenta.

La focaccia di Lolì

750/800 g di acqua tiepida
1 cubetto di lievito di birra
200 g di farina 00
200 g di farina 0 o Manitoba
200 g di semola
2 cucchiai di sale
20 g di fiocchi di patate
pomodorini
olio extravergine d'oliva

Preparate l'impasto come d'abitudine, a mano o nel robot, fate lievitare circa un'ora.

Preriscaldate il forno alla massima temperatura per 15 minuti.

Condite con olio e pomodori, infornate per 30 minuti sempre alla massima temperatura.

Focaccia di grano arso

Procedete come per la focaccia di Lolì, ma sostituite la semola con la farina di grano arso. Si può condire anche con sale rosa e rametti di rosmarino bianco.

Accompagnata con tocchetti di parmigiano e vino bianco ghiacciato, è un aperitivo raffinatissimo.

Focaccia barese

Per la base:
500 g di farina 00
400 g di acqua
poco olio extravergine d'oliva
lievito
sale

Per condire:
pomodorini
olive verdi
1 bicchiere di passata di pomodoro
½ bicchiere d'acqua e 3 dita d'olio miscelate insieme con una forchetta

Impastate la focaccia come d'abitudine, a mano o nel robot. Fate lievitare circa 2 ore.

Stendete con le mani in una teglia ben oliata, cospargete con la passata di pomodoro, salate. Condite con pomodorini e olive verdi, infine coprite con la miscela di acqua e olio. Infornate alla massima temperatura per mezz'ora, avendo cura per i primi 10 minuti di porre la teglia sulla base del forno.

Panzerotti

500 g di farina
250 g di acqua
1 cucchiaio raso di sale
1 cubetto di lievito di birra
olio extravergine d'oliva

Per il ripieno:
variante n. 1 – pomodori, mozzarella, capperi, olio, pepe
variante n. 2 – carne macinata rosolata con vino, parmigiano e ricotta
variante n. 3 – rape stufate
variante n. 4 – ricotta forte, pomodoro e capperi
variante n. 5 – cipolla stufata, olive, baccalà

Lavorate l'impasto in una coppa o nel robot e fate lievitare un paio d'ore.

Dopodiché tagliatelo in pezzi più o meno uguali in dimensione, in modo che si possa dar loro la forma di palline. Ponete successivamente queste ultime su un tavoliere e copritele con un panno: lasciate lievitare ancora per un'ora. Nel frattempo procedete alla preparazione dei diversi condimenti. Stendete le palline con un mattarello, formando dei cerchi, e su questi con un cucchiaio disponete il ripieno. Richiudete con molta attenzione il panzerotto con i denti di una forchetta sui bordi. Riscaldate l'olio in una padella capace, e friggete i panzerotti ottenuti.

Spaghetti allo scoglio

500 g di spaghetti n. 5
800 g di vongole
400 g di cozze
300 g di calamari puliti e tagliati a listarelle
400 g di gamberetti già sgusciati
1 bicchiere di vino bianco
1 peperoncino
1 spicchio d'aglio
prezzemolo fresco tritato
sale e pepe q.b.
olio extravergine d'oliva q.b.

Pulite cozze e vongole. Mettete in una padella capiente con l'olio, l'aglio e il peperoncino, coprite con il coperchio e fate aprire. Appena si saranno aperte, sfumate con il vino bianco. Aggiungete i gamberetti, i calamari e saltate. Nel frattempo fate cuocere la pasta, aggiungetela al sugo di pesce e spadellate per un minuto a fiamma vivace.

Completate il piatto con prezzemolo fresco tritato e peperoncino.

Linguine al nero di seppia

400 g di linguine
600 g di seppie piccole
1 spicchio d'aglio
vino bianco
olio extravergine d'oliva
prezzemolo
sale
pepe nero

Pulite le seppie facendo attenzione a staccare la sacca che contiene il nero.

Lavate le seppie e tagliatele a pezzetti.

In una padella soffriggete lo spicchio d'aglio tritato, aggiungete le seppie e rosolate nell'olio per pochi minuti con mezzo bicchiere di vino bianco. Infine salate, aggiungete un pochino di trito di prezzemolo, abbassate la fiamma e fate cuocere con il coperchio per 10-15 minuti, fino a quando le seppie non saranno cotte. A questo punto aggiungete la sacca con il nero e bucatela in maniera tale da far fuoriuscire l'inchiostro. Mescolate le seppie con il nero e fate insaporire il tutto. In ultimo, aggiungete del pepe nero e del trito di prezzemolo. Spadellate le linguine aggiungendo un mestolino di acqua di cottura. Regolate di sale e condite con prezzemolo fresco.

Risotto alla melagrana

250 g di riso
1 bicchiere di vino rosato
i chicchi di una melagrana
1 cipolla
olio extravergine d'oliva
burro e/o panna q.b.

Rosolate cipolla e riso, sfumate con il vino e procedete con la cottura. A metà aggiungete i chicchi di melagrana lasciandone alcuni per la decorazione. Procedete fino a cottura ultimata, mantecate con burro e/o un goccio di panna.

Cotognata

1 kg di mele cotogne
400 g di zucchero
1 tazza d'acqua

Tagliate a pezzi le mele, aggiungete l'acqua e cuocetele fino a farle ammorbidire. Frullate con il minipimer, aggiungete lo zucchero e cuocete ancora per 30 minuti. Ponete nei barattoli a chiusura ermetica.

Caponata siciliana

1 tazza di salsa di pomodoro
1 cipolla rossa
5 foglie di basilico
1 pugno di olive bianche
3 coste di sedano
2 cucchiai di capperi
un paio di melanzane
1 tazzina di aceto
1 tazzina di zucchero
2 pugnate di mandorle tostate e pinoli

Tagliate le melanzane a dadini, fatele ammollare in acqua e sale, poi friggetele. In una bella padella rosolate olive, capperi, sedano, salsa di pomodoro. Condite tutto con l'aceto e lo zucchero, aggiungete le melanzane e lasciate insaporire nel sugo a fuoco lento. Aggiungete le mandorle e i pinoli. Lasciate raffreddare.

Genovese

1 kg di carne di manzo, primo taglio oppure lacerto
1 dl di olio extravergine d'oliva
50 g di lardo
100 g di salame e prosciutto (il gambo, la parte finale)
2 carote
1 pezzetto di sedano
1,5 kg di cipolle
2-3 pomodorini
prezzemolo
1 bicchiere di vino bianco secco
sale e pepe

Tritate finemente il lardo, le cipolle, il sedano, le carote e il prezzemolo. Tagliate a dadini il salame e il prosciutto.

Mettete la carne in una casseruola (la tradizione vuole che sia un tegame di coccio, *'o tiano*) insieme al trito di verdure, i dadini di salame e prosciutto, l'olio, il pomodoro, il sale e il pepe.

Coprite e fate cuocere a fuoco molto lento, rimestando di tanto in tanto.

Dopo circa 90 minuti le verdure saranno cotte, quindi alzate la fiamma per far rosolare la carne e le verdure. Quando saranno rosolate, aggiungete il vino a più riprese e fate sfumare.

Fate completare la cottura della carne, aggiungendo ogni tanto un po' d'acqua se necessario. Il tutto deve cuocere almeno 3 ore e bisogna controllare di tanto in tanto che carne e cipolle non si attacchino al fondo.

Spaghetti con le vongole fujute

350 g di spaghetti
300 g di pomodorini
un bel mazzetto di prezzemolo
2-3 spicchi d'aglio
un pezzetto di peperoncino
olio extravergine d'oliva

Preparate un battuto di aglio e prezzemolo. Lavate e asciugate i pomodorini e tagliateli a metà.

Mentre l'acqua per gli spaghetti arriva a ebollizione preparate il sugo. In una padella capace mettete un bel giro d'olio, il peperoncino e fate appassire il trito di aglio e prezzemolo.

Aggiungete i pomodorini e fate cuocere per una decina di minuti. Spadellate gli spaghetti per circa un minuto e aggiungete il rimanente trito di prezzemolo.

Tradizione vuole che la ricetta sia stata inventata da Eduardo De Filippo.

Cialledda

500 g di pane raffermo di almeno 4/5 giorni tagliato in fette spesse di almeno 3 cm (si può usare pane di Altamura, di Matera o comunque un pane pugliese casereccio)
250 g di pomodorini preferibilmente di Guaceto (in alternativa quelli del Piennolo vanno benissimo)
100 g di cipolla rossa di Acquaviva (in alternativa quella di Tropea)
250 g di caroselli
olio extravergine d'oliva q.b.
origano
sale
acqua
una goccia d'aceto, se vi piace

Mettete a mollo in acqua fredda e per pochi minuti il pane raffermo tagliato a pezzi irregolari e piuttosto grossi. Strizzate bene il pane e mettetelo in una terrina. Lavate i pomodorini, tagliateli a spicchi e posateli sul pane ammorbidito. Affettate i caroselli e la cipolla e aggiungeteli al pane e ai pomodori. Mescolate bene, condite con sale, origano, olio e servite fresco.

Caffè leccese

caffè
ghiaccio
latte di mandorla

Fate il caffè e, una volta pronto, versatelo in una tazzina.

Mettete in un bicchiere qualche cubetto di ghiaccio e un dito di latte di mandorla fresco di frigo. Aggiungete il caffè.

Crema di limoncello

1 l di latte intero
600 g di zucchero

250 ml di alcol puro
la buccia di 2 limoni non trattati

In una pentola cuocete il latte e lo zucchero per 40 minuti circa. Il latte tenderà ad avere il colore della crema e la consistenza della panna liquida. Lasciate raffreddare. Aggiungete l'alcol in cui avrete fatto macerare per almeno 48 ore la buccia dei limoni non trattati. Miscelate, imbottigliate. Aspettate altre 48 ore per dar tempo al tutto di armonizzarsi. Infine servite, preferibilmente freddo. Conservate in frigo.

È possibile sostituire le bucce di limone con quelle di mandarino.

I miei grazie

A tutto lo staff della Marsilio/Sonzogno.

A Maria Paola Romeo della Grandi & Associati.

Al professor Franco Introna, consulente e amico, per la passione e l'entusiasmo che profonde in ogni cosa che fa. Per la consulenza medico legale, subacquea, e per le parti riservate alla *Brindisi II*, frutto di un suo studio personale.

A Roberto Costantini, che terrà a battesimo *Mare nero*.

Ad Alessia Gazzola, per avermi prestato la sua Alice Allevi per un cameo con Lolita. I libri della serie del medico legale Alice Allevi sono pubblicati in Italia da Longanesi.

A Giuseppe Scaglione, per avermi edotta sulle emozioni riguardanti la subacquea e le immersioni di Lolita.

Al lettore Giovanni Di Mauro, per avermi suggerito il tema dei reati ambientali.

A Rita Greco, per avermi raccontato la storia della *Cavtat*.

A Imma Brigante, per la foto del risvolto di copertina.

A Elvira Tarsitano, Mariantonietta Malerba, Mario Antonaci, Rodolfo Vaccarelli, Angela Redavid, Michele Campanella, Chiara Dell'Acqua, Fabiana Pizzulli, Andrea Magno, Cristò Chiapparino, Lucia Nettis, per avermi prestato idee, consigli, parole. Talvolta senza neppure saperlo.

A Barbara Gramolotti, per aver approfondito e confermato la mia tesi di una possibile affinità tra corzetti liguri e orecchiette pugliesi.

A Elena Cacciatore, per aver ispirato in una conversazione una delle figure presenti nel testo.

Al Women's Fiction Festival di Matera e a Mariateresa Cascino.

A Chicca Maralfa, Domenico Sparno, Annamaria Minunno, Maria Grazia Rongo, Marina Losappio Triggiani e Nicky Persico, per essermi sempre accanto nel mio percorso letterario.

A Ornella Mirelli e Maria Rosaria Losacco, rispettivamente per la ricetta della pasta al forno e della crema di limoncello.

A Emma Cannavale, per la ricetta delle orecchiette di nonna Anna Armenise.

Ai miei lettori, agli amici di Facebook, a chi considera il commissario Lolita quasi una di famiglia. La vostra presenza è importante ogni giorno, e per ogni nuovo libro da scrivere.

A tutti quelli che ospitano me e i miei libri nelle loro librerie, rassegne, festival, radio, scuole, giornali, associazioni, caffè letterari, blog.

A Mario De Santis, Alessandra Tedesco, Luca Bianchini, Sebastiano Somma, Paolo Roversi, Rosella Santoro, Piernicola Silvis, Oscar Iarussi, Enrica Simonetti, Enzo Verrengia, Enzo Quarto, Michele Defeudis, Piero Rossano, Daniela Grandi, Carla Palone, Antonella Rondinone, Annalisa Tatarella, Ines Pierucci, Giancarlo Visitilli, Isa Grassano, Lucrezia Argentiero, Oscar Buonamano, Massimo Dell'Erba, Michele Monno, Michele Marolla, Enzo Tamborra, Vitangelo Magnifico, Francesco Monteleone, Chiara Giacomi, Roberto Baldini, Patrizia De Leonardis, Augusta Epifani, Gabriella e Michele dell'Orsa Minore, Grazia Rongo, Elisa Forte, Carmelo Calì e Carla Campus, Giuliana Dolci, Annamaria Toma, Lorenza L'Abbate, Lina Gualano, Silvia Del Core, Antonella Del Giudice, Emilia Betsabea Cirillo, Krizia Rocco, Annabella Milano, Nico Maldini, Ylenia Bagato e Laura Marsadri, Roberta e Manuela Apicella, Claudio Sottile, Giuseppina Dota, Daniela Marcone, Giulia Peci, Annamaria Candela, Rossella Luongo, Antonietta Gnerre, Mario Antonaci, Layla Valenzano, Alina Laruccia, Giovanni Albanese, Rosa Colucci, Angela Pisicchio, Lina Loizzo, Lella Sogliani, Stefania Nardi, Anna Maria Armellini, Tiziana Armenise, Pierpaolo Astore, Giacomo Farano, Rosa Pistillo, Angelica Cassano, Serena Gatto, Massimo e Rossella Danese, Nica Demetrio, Paola Borracci, Bruna De Marinis, Maria Clelia Labate, Ginetto Becciu, Rosanna Santoro, Cristina Aicardi, Maria Rosaria De Simone, Gloria Graziani, Cecilia Rosi, Paola Cirasino, Giusy Santomanco Caso, Monica Setta, Vincenzo Parabita, Filippo Silvestri, Donatella Murro Gilardoni, Monia Pettinella, Rose Maria Nicassio, Vito Mariella, Decio Chiarito, Paola Zaccheo, Valentina Conte, Gabriella Rinaldi, Maria Grazia Pasqualetti, Paola Grimaldi, Rosaria Iodice, Francesco Taldone, Vittorio Notarangelo e Mariella Epifania, Francesca Dinapoli, Patrizia Ruggieri, Simona Bruno, Dirce Scarpello, Piero Intini, Mariangela Deliso, Elisabetta Bruno, Gabriella Bove, Mariangela Prudente, Christian Bavaro, Irene Galatola, Francesca Santoiemma, Katiuscia Russo, Adele Galetta, Mimma Leone, Elena Sala, Alessandro Cannavale, Simona Donnarumma, Anna Longo De Bellis, Raffaella Amodio, Raffaella Laghezza, Mariafilomena Magli, Sabrina Zambelli, Tina Rutigliano, Angela Mongiello e moltissimi altri, per i legami nati dalle pagine di un libro, per aver dedicato attenzione al mio personaggio.

Allo staff di Palazzo Gattini a Matera, per le premure che mi sono state riservate nei giorni in cui mi sono rifugiata lì per la stesura di *Mare nero*.

Ai miei lettori.

Alla mia famiglia tutta, per esserci sempre. <3

I libri amano chi li legge.

Per scrivere a Lolita: gabriellagenisi@libero.it

Su Facebook: Lolita Lobosco/Gabriella Genisi

Indice

Stampato da
Grafica Veneta S.p.A., Trebaseleghe (Padova)
per conto di Sonzogno di Marsilio Editori® in Venezia

Edizione	Anno
10 9 8 7 6 5 4 3 2 1	2016 2017 2018 2019 2020